Evelyn Waugh

# *Tod in Hollywood*

*Eine anglo-amerikanische*
*Tragödie*
*Aus dem Englischen von*
*Andrea Ott*

Diogenes

Titel der 1948 bei
Chapman & Hall, London,
erschienenen Originalausgabe: ›The Loved One‹

Der Roman erschien im Diogenes Verlag
erstmals 1984 als Diogenes Taschenbuch
Die erste Strophe des Gedichts
*An Helen* von Edgar Allan Poe (S. 120, 147f.)
wird zitiert nach der Übersetzung von
Kurt Erich Meurer, in: Englische und amerikanische
Dichtung, Bd. 4 © Beck, München 2000, S. 34
Abdruck mit freundlicher Genehmigung
Übersetzerin und Verlag danken
dem Deutschen Übersetzerfond e.V. für
die Förderung dieser Übersetzung
Umschlagfoto von Zoltán Glass


*Für Nancy Mitford*

*Neuübersetzung*


www.diogenes.ch
40/15/852/1
ISBN 978 3 257 06947 1

## *Vorwort*

Vor dem Zweiten Weltkrieg hatte ich New York und Washington besucht. Dann wurde ich kurz nach dem Krieg zusammen mit meiner Frau nach Hollywood eingeladen, da ein Produzent den Wunsch geäußert hatte, *Wiedersehen mit Brideshead* zu verfilmen. Ich wollte zwar keine Verfilmung, aber angesichts der Entbehrungen unter der Regierung Attlee-Cripps kehrte ich England nicht ungern den Rücken. Es gab damals noch keinen »Smog«, aber die wuchernde, undefinierbare Hässlichkeit von Los Angeles, verbunden mit dem grauenvollen Schlendrian von Filmstudio und Hotel, hätte uns alle Freude an dieser Expedition verdorben, wenn uns nicht ein australischer Freund schon bald mit den unübertroffenen Herrlichkeiten jenes Friedhofs bekannt gemacht hätte, dem ich hier den Namen »Elysische Gefilde« gegeben habe. Täglich kam ein riesiges Auto, um mich ins Studio zu fahren, und täglich dirigierte ich es zum Friedhof, wo ich erbauliche Stunden damit zubrachte, die Geheimnisse jenes schillernden Gewerbes zu ergründen.

Mich packte dort wohl der archaische Jagdtrieb des Schriftstellers, der eine Story wittert. Ich habe diese rare Hochstimmung auf den Helden dieses Buches übertragen und ihn im Verlauf des Schreibens vom Romancier zum Dichter gemacht.

Es dauerte eine Weile, bis das Buch Gestalt annahm. Ich möchte Lady Milbanke danken (wie sie damals noch hieß), dass sie meine Schritte auf diesen erfreulichen Pfad gelenkt hat; Mr. Cyril Connolly hat mein Englisch korrigiert und Mrs. Reginald Allen mein Amerikanisch.

Seit Erscheinen dieses Buches haben sich viele freundliche Leute bemüßigt gefühlt, mir weitere bizarre Einzelheiten über die Welt der Leichenbestatter zukommen zu lassen. Hiermit möchte ich allen künftigen Lesern versichern, dass ich von diesem Thema keineswegs besessen bin; es hat mich für die Dauer eines kurzen amerikanischen Exils getröstet, aber jetzt brauche ich keine weiteren Belege.

E. W.
Combe Florey 1964

# I

Den ganzen Tag über war die Hitze kaum erträglich gewesen, doch abends kam ein leichter Westwind auf; er wehte aus dem Herzen der untergehenden Sonne und vom Ozean herüber, der unsichtbar, unhörbar hinter den mit Buschwerk bewachsenen Vorbergen lag. Die Brise schüttelte die rostroten Finger der Palmwedel und ließ die trockenen Geräusche des Sommers anschwellen, die Rufe der Frösche, das Singen der Zikaden und das allgegenwärtige Pulsieren der Musik aus den Eingeborenenhütten in der Umgebung.

In diesem freundlichen Licht sahen die schmutzige, abblätternde Farbe des Bungalows und das Fleckchen Unkraut zwischen der Veranda und dem ausgedörrten Wasserloch nicht mehr ganz so schäbig aus, und die beiden Engländer in ihren Schaukelstühlen, mit ihrem Whisky-Soda und den vorgestrigen Zeitschriften typische Stellvertreter zahlloser Landsleute, die in barbarischen Weltregionen im Exil lebten, hatten Teil an der kurzen trügerischen Neubelebung.

»Ambrose Abercrombie kreuzt gleich hier auf«, sagte der Ältere. »Ich weiß nicht, warum. Er hat ausrichten lassen, er würde kommen. Schau nach, Dennis, ob du noch ein Glas findest.« Dann fuhr er gereizt fort: »Kierkegaard, Kafka, Connolly, Compton-Burnett, Sartre, ›Scottie‹ Wilson. Wer ist das? Was wollen die?«

»Von einigen habe ich schon gehört. In London hat man über sie gesprochen, als ich damals abreiste.«

»Man hat über ›Scottie‹ Wilson gesprochen?«

»Nein. Ich glaube nicht. Über den nicht.«

»Das hier ist ›Scottie‹ Wilson. Diese Zeichnungen da. Wirst du aus denen schlau?«

»Nein.«

»Nein.«

Sir Francis Hinsleys kurzlebige Munterkeit flaute wieder ab. Er ließ den *Horizon* sinken und starrte auf den dunkler werdenden Schattenfleck, der einmal ein Schwimmbecken gewesen war. Er hatte ein sensibles, kluges Gesicht, das unter dem angenehmen Leben und der ewigen Langeweile etwas gelitten hatte. »Früher sprach man über Hopkins, Joyce, Freud und Gertrude Stein«, sagte er. »Aus denen bin ich auch nicht schlau geworden. Bei so neuen Sachen war ich nie gut. ›Arnold Bennett und der Einfluss von Zola‹, ›Flecker und der Einfluss von Henley‹. Näher bin ich der Moderne nicht gekommen. Meine besten Themen waren ›Der Pfarrer in der englischen Prosa‹ oder ›Kavalleriegefechte in der Dichtung‹ – solche Dinge. Früher hat das den Leuten anscheinend gefallen. Dann haben sie das Interesse daran verloren. Ich übrigens auch. Als Schreiberling hat mich immer alles schnell angeödet. Ich brauchte die Veränderung. Ich habe nie bedauert, dass ich weggegangen bin. Das Klima hier sagt mir zu. Die Leute sind äußerst anständig und großzügig, und sie erwarten nicht, dass man ihnen zuhört. Das musst du dir immer vor Augen halten, lieber Junge. Es ist das Geheimnis des lockeren Umgangs in diesem Land. Alle reden nur zu ihrem eigenen Vergnügen.

Nichts, was sie sagen, ist dazu bestimmt, gehört zu werden.«

»Da kommt Ambrose Abercrombie«, sagte der junge Mann.

»Abend, Frank. Abend, Barlow«, sagte Ambrose Abercrombie, als er die Stufen hochkam. »Das war ja wieder eine Affenhitze heute! Was dagegen, wenn ich mich hier hinpflanze? Ganz voll«, flüsterte er dem jungen Mann zu, der ihm Whisky einschenkte, »mit Soda, bitte.«

Sir Ambrose trug dunkelgraue Flanellhosen, eine Krawatte vom Cricketclub *Eton Rambler* und an seiner Kreissäge ein Band des Cricketclubs *I Zingari* – wie immer an sonnigen Tagen. Sobald es das Wetter erlaubte, setzte er eine Deerstalkermütze auf und zog einen Havelock an. Er war, wie Lady Abercrombie es albern nannte, noch keine »zehnundfünfzig«, doch nachdem er jahrelang angestrengt den Jugendlichen gespielt hatte, strebte er nun ein Alter in Würde an. Sein neuester, bislang vergeblicher Wunsch war, dass die Leute von ihm als »großartigem alten Burschen« sprachen.

»Hab schon ewig vorgehabt, dich zu besuchen. Das Ärgerliche an einer Stadt wie der hier ist, dass man so verdammt viel zu tun hat, alles geht seinen gewohnten Trott und man bleibt nicht in Kontakt. Das darf nicht passieren. Wir Tommys müssen zusammenhalten. Du solltest dich nicht so einigeln, Frank, du alter Einsiedler.«

»Ich erinnere mich an eine Zeit, wo du nicht so weit weg gewohnt hast.«

»So? Meine Güte – du hast wohl recht. Da kommen einem die alten Zeiten in den Sinn. Das war, bevor wir nach

Beverly Hills gezogen sind. Jetzt wohnen wir in Bel Air, wie du ja weißt. Aber offen gestanden hab ich da auch keine rechte Ruhe mehr. Ich hab mir ein kleines Grundstück draußen in Pacific Palisades gekauft und warte nur noch darauf, dass die Baukosten sinken. Wo hab ich noch mal gewohnt? Gleich gegenüber, oder?«

Gleich gegenüber, vor zwanzig Jahren oder mehr, als dieses heruntergekommene Viertel groß in Mode war und Sir Francis in der Blütezeit seiner mittleren Jahre stand, damals als »Ritter« der einzige Adlige in Hollywood, Doyen des englischen Zirkels, wichtigster Drehbuchautor von Megalopolitan Pictures und Präsident des Cricketclubs. Damals war der junge oder noch einigermaßen junge Ambrose Abercrombie berühmt dafür, dass er in zahllosen anstrengenden Rollen durch die Studios hüpfte, in akrobatischen, heroischen und historischen, und er erschien fast allabendlich bei Sir Francis, um dort aufzutanken. Jetzt gab es in Hollywood englische Adelstitel im Überfluss, manche davon echt, und jeder wusste, dass Sir Ambrose Sir Francis abschätzig als »Geschöpf von Premierminister Lloyd George« bezeichnet hatte. Die Siebenmeilenstiefel des Misserfolgs hatten den alten Mann weit von dem alternden Mann weggetragen. Sir Francis war in die Werbeabteilung abgerutscht und bekleidete nun mit einem Dutzend anderer das Amt eines Vizepräsidenten des Cricketclubs. Sein Swimmingpool, der einst als Aquarium für die Gliedmaßen längst entschwundener Schönheiten gedient hatte, war jetzt leer, rissig und von Unkraut überwuchert.

Dennoch verband die beiden eine ritterliche Loyalität.

»Wie steht's bei Megalo?«, fragte Sir Ambrose.

»Es geht drunter und drüber. Wir haben Probleme mit Juanita del Pablo.«

»›Lecker, lässig, lüstern?‹«

»Das trifft es nicht ganz. Sie ist – oder vielmehr war – widerspenstig, brillant, sadistisch. Ich muss das wissen, denn ich habe die Schlagworte erfunden. Es war ein Bombenerfolg, wie man so schön sagt, und setzte neue Akzente in der Imagewerbung.

Miss del Pablo war von Anfang an mein besonderer Schützling. Ich erinnere mich noch an den Tag, als sie bei uns ankam. Der arme Leo hat sie wegen ihrer Augen eingekauft. Damals hieß sie Baby Aaronson – wunderbare Augen und schönes schwarzes Haar. Also hat Leo sie zur Spanierin gemacht. Er ließ ihre Nase zurechtschnitzen und schickte sie für sechs Wochen nach Mexiko, damit sie Flamenco singen lernt. Dann hat er sie an mich weitergereicht. Ich habe ihr einen Namen gegeben und sie zu einem antifaschistischen Flüchtling gemacht. Ich habe verbreitet, dass ihr alle Männer zuwider seien, nach dem, was Francos Mauren mit ihr angestellt hätten. Das war damals eine völlig neue Masche. Das hat eingeschlagen. Und auf ihre Art war sie ja wirklich gut – sie konnte entsetzlich finster dreinschauen, und das ganz natürlich. Ihre Beine waren zwar nie fotogen, aber wir haben ihr immer lange Röcke angezogen und bei den Gewaltszenen für die untere Hälfte ein Double genommen. Ich war stolz auf sie, und sie hat mindestens zehn Jahre lang gute Arbeit geleistet.

Aber jetzt hat sich die Strategie an der Spitze geändert. Wir drehen nur noch leicht verdauliche Kost, die der Legion of Decency, der Liga für Anstand und Sitte, gefällt. Deshalb muss die arme Juanita wieder von vorn anfangen, diesmal als irisches Mädchen. Sie haben ihr das Haar gebleicht und zinnoberrot gefärbt. Ich habe versucht, ihnen klarzumachen, dass irische Mädchen dunkelhaarig sind, aber die Technicolor-Männer blieben stur. Jetzt schuftet sie zehn Stunden am Tag, um den irischen Akzent hinzukriegen, aber damit nicht genug – sie haben dem armen Mädchen auch noch alle Zähne gezogen. Bisher hat sie nie lächeln müssen, und für ein Zähnefletschen waren ihre eigenen gut genug. Jetzt muss sie die ganze Zeit schelmisch lachen, und das bedeutet: Gebiss.

Drei Tage lang habe ich versucht, einen Namen für sie zu finden, der ihr gefällt. Sie hat alles abgelehnt. Maureen – davon gibt's hier schon zwei. Deirdre – das kann niemand aussprechen. Oonagh – klingt chinesisch. Bridget – zu gewöhnlich. Ehrlich gesagt, ist sie äußerst mies gelaunt.«

Gemäß den ortsüblichen Gepflogenheiten hatte Sir Ambrose überhaupt nicht zugehört.

»Aha«, sagte er, »leicht verdauliche Kost. Wie sie meinen. Im *Knife and Fork Club* habe ich gesagt, dass ich mein Leben lang beim Film immer nach zwei Grundsätzen gehandelt habe: Tu nichts vor der Kamera, was du nicht auch zu Hause tun würdest, und tu niemals zu Hause, was du nicht auch vor der Kamera tun würdest.«

Er ließ sich des Längeren über dieses Thema aus, während Sir Francis wiederum seinen eigenen Gedanken nachhing. So saßen die beiden Ritter fast eine Stunde lang nebeneinander in ihren Schaukelstühlen, abwechselnd redselig und unaufmerksam, und starrten durch ihre Monokel in die Dämmerung, während der junge Mann ab und zu ihre Gläser und auch sein eigenes nachfüllte.

Die Stunde war wie geschaffen für Erinnerungen, und in seinen Schweigeminuten wanderte Sir Francis ein Vierteljahrhundert oder mehr zurück in die nebligen Straßen Londons, die vor kurzem für alle Zeit von der Angst vor dem Zeppelin befreit worden waren, zu Harold Monro, der in seinem Poetry Bookshop Lesungen veranstaltete, zu Blundens Gedichten im *London Mercury*, zu Robin de la Condamine in den Phoenix-Matineen, zum Lunch mit Maud am Grosvenor Square, zum Tee mit Gosse an der Hanover Terrace, zu den elf neurotischen Bänkelsängern in einem Pub in der Fleet Street, die sich einen Tag freigenommen hatten, um irgendwo am Stadtrand Cricket zu spielen, zu dem Jungen mit den Druckfahnen, der ihn am Ärmel zupfte, zu zahllosen Trinksprüchen auf zahllosen Feiern anlässlich zahlloser denkwürdiger Jubiläen …

Sir Ambrose hatte eine aufregendere Vergangenheit, lebte aber existenzialistisch. Er dachte über sich nach, so wie er zurzeit war, sann liebevoll über jede einzelne seiner guten Eigenschaften nach und freute sich.

»So«, sagte er schließlich, »jetzt muss ich los. Darf meine bessere Hälfte nicht warten lassen.« Aber er rührte sich nicht vom Fleck, sondern wandte sich an den jungen Mann. »Und wie steht's bei Ihnen, Barlow? Wir haben Sie in letzter Zeit gar nicht mehr auf dem Cricketfeld gesehen. Viel zu tun bei Megalo, nehme ich an?«

»Nein. Genau genommen ist mein Vertrag schon vor drei Wochen ausgelaufen.«

»Sagen Sie bloß! Na, da sind Sie bestimmt froh über eine Ruhepause. Mir würde es jedenfalls so gehen.« Der junge Mann antwortete nicht. »Wenn Sie meinen Rat hören wollen, legen Sie für eine Weile die Hände in den Schoß, bis etwas Interessantes auftaucht. Greifen Sie nicht gleich bei der erstbesten Gelegenheit zu. Die Burschen hier respektieren einen Mann, der weiß, was er wert ist. Das Wichtigste ist, sich den Respekt dieser Burschen zu bewahren.

Wir Tommys haben nämlich eine besondere Stellung zu verteidigen, Barlow. Die Amerikaner mögen uns belächeln – wie wir reden und wie wir uns kleiden, unsere Monokel –, sie mögen uns für eine unnahbare Clique halten, aber sie respektieren uns, weiß Gott. Der Schacherer hierzulande hat einen Sinn für Qualität. Er weiß, was er kauft, und in Hollywood findet er nur den vornehmsten Typus des Engländers. Ich fühle mich oft wie ein Botschafter, Barlow. Ich sag Ihnen, es ist eine Verantwortung, und jeder Engländer hierzulande trägt sie in unterschiedlichem Maße mit. Wir können nicht alle die höchsten Würden erklimmen, aber wir sind alle Männer, die sich ihrer Verantwortung stellen. Unter den Verlierern werden Sie nie einen Engländer finden – außer in England natürlich. Dank unserem guten Beispiel versteht sich das hier von selbst. Es gibt Jobs, die ein Engländer einfach nicht annimmt.

Vor einigen Jahren hatten wir den unglücklichen Fall eines hochanständigen jungen Burschen, der sich als Szenenbildner einen Namen machte. Kluges Kerlchen, aber er hat sich vollständig den Eingeborenen angepasst – trug Konfektionsschuhe und Gürtel statt Hosenträger, ließ sich ohne Krawatte auf der Straße blicken und aß in Drugstores. Dann verließ er das Studio, ob Sie es glauben oder nicht, und machte mit einem italienischen Partner ein Restaurant auf. Natürlich wurde er reingelegt, und als Nächstes stand er hinter einer Bar und mixte Cocktails. Himmelschreiend. Wir haben im Cricketclub gesammelt, um ihn heimzuschicken, aber der Tunichtgut wollte nicht. Sagte, es würde ihm hier gefallen. Ich bitte Sie! Dieser Mann hat einen nicht wiedergutzumachenden Schaden angerichtet, Barlow. Er war ein regelrechter Überläufer. Zum Glück kam dann der Krieg. Da fuhr er brav heim und ließ sich in Norwegen erschießen. Er hat gebüßt, aber ich finde immer, es wäre viel besser, wenn man erst gar nichts hätte, wofür man büßen müsste, meinen Sie nicht auch?

Sie sind doch in Ihrem Fach ein angesehener Mann, Barlow, sonst wären Sie ja nicht hier. Ich will nicht behaupten, dass Dichter sehr gefragt sind, aber früher oder später braucht man bestimmt wieder einen, und dann kommt man auf Knien zu Ihnen gerutscht – wenn Sie in der Zwischenzeit nicht durch irgendetwas Ihren guten Ruf verloren haben. Verstehen Sie, was ich meine?

Ach, da nehme ich Sie hier ins Gebet – dabei wartet meine bessere Hälfte mit dem Essen auf mich! Ich muss los. Bis bald, Frank, war nett, mit dir zu reden. Ich wollte, wir würden dich öfter im Cricketclub sehen. Wiedersehen, junger Mann, und denken Sie an das, was ich Ihnen gesagt habe. Ich wirke vielleicht wie ein alter Kauz, aber ich weiß, wovon ich rede. Bleibt sitzen, ihr beiden. Ich weiß, wo's rausgeht.«

Mittlerweile war es ziemlich dunkel. Die Scheinwerfer des wartenden Autos legten einen leuchtenden Lichtfächer hinter die Palmen, glitten an der Wand des Bungalows entlang und entschwanden Richtung Hollywood Boulevard.

»Was hältst du davon?«, fragte Dennis Barlow.

»Er hat was gehört. Deswegen ist er hier aufgetaucht.«

»Es musste ja rauskommen.«

»Natürlich. Wenn der Ausschluss aus dem britischen Zirkel als Martyrium gilt, kannst du dich auf die Märtyrerpalme und den Heiligenschein gefasst machen. Du warst heute nicht in der Arbeit?«

»Ich habe Nachtschicht. Ich habe heute sogar etwas geschrieben. Dreißig Zeilen. Möchtest du es sehen?«

»Nein«, sagte Sir Francis. »Es gehört zu den zahllosen Dingen, die mich für das Exil entschädigen, dass ich keine unveröffentlichten Gedichte mehr lesen muss – oder eigentlich gar keine wie auch immer gearteten Gedichte. Steck sie weg, mein lieber Junge, kürze und feile nach eigenem Gusto. Mich würden sie nur in Bedrängnis bringen. Ich würde sie nicht verstehen und wäre vielleicht versucht, den Wert eines Opfers in Frage zu stellen, das ich jetzt noch würdige. Du bist ein genialer junger Mann, die Hoffnung der englischen Dichtkunst. Das wurde mir zugetragen, und ich glaube es gern. Ich habe der Sache der Kunst schon einen ausreichend großen Dienst erwiesen, indem ich darüber hinwegsah, dass du aus einer Gefangenschaft entflohen bist, mit der ich mich lange Zeit glücklich arrangiert habe.

Warst du als Kind jemals in einem Weihnachtsmärchen mit dem Titel *Am Ende des Regenbogens*? Ein ganz dämliches Stück. Der heilige Georg und ein Marineleutnant retten mit Hilfe eines fliegenden Teppichs verirrte Kinder aus dem Reich eines Drachen. Ich habe das immer als plumpe Einmischung empfunden. Die Kinder waren dort nämlich ganz glücklich. Ich weiß noch, sie zahlten dem Drachen den schuldigen Tribut, indem sie ihm ihre Briefe von zu Hause ungeöffnet übergaben. Deine Gedichte sind meine Briefe von zu Hause – so wie Kierkegaard und Kafka und ›Scottie‹ Wilson. Ich zahle ohne Widerworte und Groll. Gieß mir noch mal ein, mein lieber Junge. Ich bin dein *memento mori*. Ich bin dem Drachenkönig hörig. Hollywood ist mein Leben.

Hast du vor einiger Zeit in einer der Zeitschriften das Foto mit dem abgeschlagenen Hundekopf gesehen, den die Russen zu irgendeinem obszönen moskowitischen Zweck am Leben erhalten, indem sie Blut aus einer Flasche hindurchpumpen? Der Hundekopf fängt an zu sabbern, wenn er eine Katze riecht. Nicht anders ergeht es uns allen hier. Die Studios halten uns mit einer Pumpe am Laufen. Wir sind nur noch zu ein paar wenigen primitiven Reaktionen imstande, mehr nicht. Wenn wir von der Flasche getrennt würden, gingen wir einfach zugrunde. Es war wohl mein Beispiel, das du über ein Jahr lang Tag für Tag vor Augen hattest, was dich zu dem heldenhaften Entschluss bewog, in eine unabhängige Branche zu wechseln. Der Gedanke gefällt mir. Mein Beispiel und vielleicht ab und zu meine lehrreichen Worte. Kann sein, dass ich dir sogar ausdrücklich geraten habe, das Studio zu verlassen, solange du noch dazu in der Lage bist.«

»Ja, das hast du mir geraten. Tausendmal.«

»Nun, so oft wohl kaum. Ein- oder zweimal, wenn ich betrunken war. Keine tausendmal. Und ich glaube, ich habe dir geraten, nach Europa zurückzugehen. Niemals habe ich dir etwas so fürchterlich Makabres, so Elisabethanisches vorgeschlagen wie den Job, den du dir ausgesucht hast. Sag mal, ist dein neuer Chef mit dir zufrieden, was meinst du?«

»Ich bin wie geschaffen für diese Arbeit. Das hat er mir gestern gesagt. Mein Vorgänger hat durch seine genüssliche Art Ärgernis erregt. Mich finden sie pietätvoll. Das macht die Kombination aus Melancholie und englischem Akzent. Mehrere Kunden haben sich lobend dahingehend geäußert.«

»Und was ist mit unseren Landsleuten? Von denen kann man keine Zustimmung erwarten. Was hat unser Gast gerade gesagt? ›Es gibt Jobs, die ein Engländer einfach nicht annimmt.‹ Der deine, mein lieber Junge, gehört eindeutig dazu.«

Nach dem Dinner fuhr Dennis Barlow zur Arbeit, Richtung Burbank, vorbei an leuchtenden Motels und den goldenen Toren und angestrahlten Tempeln des Friedhofs *Die Elysischen Gefilde* fast bis ans andere Ende der Stadt zu der Stätte seines Wirkens. Seine Kollegin Miss Myra Poski wartete schon mit Hut und frisch angemalt auf ihre Ablösung.

»Ich hoffe, ich bin nicht zu spät.«

»Sie sind ein Schatz. Ich habe eine Verabredung im Planetarium, sonst würde ich noch bleiben und Ihnen einen Kaffee kochen. Es gab den ganzen Tag nichts zu tun, nur ein paar Erinnerungskarten zu verschicken. Ach, und Mr. Schultz sagt, wenn etwas reinkommt, sollen Sie es bei dieser Hitze gleich auf Eis legen. Wiedersehen!« Und weg war sie und ließ Dennis allein mit der Verantwortung.

Das Büro war geschmackvoll in dunklen Tönen möbliert, aufgehellt von zwei bronzenen Welpen auf dem Kaminsims. Der Raum unterschied sich nur durch ein niedriges Transportwägelchen aus Stahl und weißem Email von hunderttausend anderen modernen amerikanischen Empfangsräumen – durch das Wägelchen und den Krankenhausgeruch. Neben dem Telefon stand eine Vase mit Rosen; ihr Duft wetteiferte mit dem Karbol, konnte aber nicht obsiegen.

Dennis setzte sich in einen Sessel, legte die Füße auf das Wägelchen und schickte sich an zu lesen. Der Dienst bei der Air Force hatte ihn vom Liebhaber zum Süchtigen gemacht. Es gab bestimmte abgedroschene Formulierungen in Gedichten, die unter den vielen möglichen Assoziationen unweigerlich jene Gefühle hervorriefen, nach denen er lechzte. Er experimentierte nie. Dies war das bewährte Medikament, die sichere Droge, das mächtige Zaubermittel. Er schlug die Anthologie auf, wie eine Frau ihre Schachtel Zigaretten öffnet.

Vor den Fenstern jagten unablässig die Autos vorbei, raus aus der Stadt, rein in die Stadt, mit flammenden Scheinwerfern, die Radios bis zum Anschlag aufgedreht.

»*Ich welk dahin in deinem Arm*«, las er. »*An diesem stillen, fernen Rand der Welt*«, und er wiederholte für sich: »An diesem stillen, fernen Rand der Welt. An diesem stillen, fernen Rand der Welt …«, wie ein betender Mönch, der wieder und wieder eine einzelne bedeutungsvolle Zeile flüstert.

Da läutete das Telefon.

»Die Ewigen Jagdgründe«, meldete er sich.

Durch den Hörer drang die vor Erregung heisere Stimme einer Frau; unter anderen Umständen hätte er angenommen, sie sei betrunken. »Hier spricht Theodora Heinkel. Mrs. Walter Heinkel, 207 Via Dolorosa, Bel Air. Sie müssen sofort kommen. Ich kann es Ihnen am Telefon nicht sagen.

Mein kleiner Arthur – sie haben ihn gerade nach Hause gebracht. Er ist in aller Frühe rausgegangen und nicht mehr zurückgekommen. Ich habe mir keine Sorgen gemacht, denn er war auch früher schon so lange weg. Ich habe zu Mr. Heinkel gesagt, ›Walter, ich kann unmöglich zum Essen ausgehen, wenn ich nicht weiß, wo Arthur ist‹, und Mr. Heinkel hat gesagt, ›das ist doch verdammt noch mal egal. Du kannst Mrs. Leicester Scrunch nicht in letzter Minute im Stich lassen.‹ Also bin ich hingegangen und saß am Tisch, rechts von Mr. Leicester Scrunch, als man mir die Nachricht überbrachte… Hallo, hallo, sind Sie noch da?«

Dennis hob den Hörer auf, den er auf die Schreibunterlage gelegt hatte. »Ich komme sofort, Mrs. Heinkel. Via Dolorosa 207, sagten Sie?«

»Ich sagte, ich saß rechts von Mr. Leicester Scrunch, als mir die Nachricht überbracht wurde. Er und Mr. Heinkel mussten mich stützen und zum Wagen bringen.«

»Ich komme sofort.«

»Ich werde mir das nie verzeihen, solange ich lebe. Die Vorstellung, dass niemand da war, als er nach Hause gebracht wurde! Das Dienstmädchen war außer Haus, und der städtische Arbeiter musste vom Drugstore aus telefonieren… Hallo, hallo, sind Sie noch dran? Ich sagte, der Straßenkehrer musste vom Drugstore aus telefonieren.«

»Ich bin schon unterwegs, Mrs. Heinkel.«

Dennis sperrte das Büro zu und fuhr das Auto rückwärts aus der Garage; nicht sein eigenes, sondern den schlichten schwarzen Lieferwagen für die Geschäftstouren. Eine halbe Stunde später war er am Trauerhaus. Ein korpulenter Mann kam ihm auf dem Gartenweg entgegen und begrüßte ihn. Er trug die Abendgarderobe, die hier der letzte Schrei war: Tweedanzug, Sandalen und ein grasgrünes, am Hals offenstehendes Seidenhemd mit aufgesticktem Monogramm, das sich über den halben Rumpf hinzog. »Sehr erfreut – oder auch nicht …«, sagte er.

»Mr. W. H.? Herzlichen Glückwunsch«, sagte Dennis geistesabwesend.

»Wie bitte?«

»Ich bin die Ewigen Jagdgründe«, sagte Dennis.

»Ja, treten Sie ein.«

Dennis öffnete die Heckklappe des Wagens und zog eine Aluminiumkiste heraus. »Ist die groß genug?«

»Reichlich!«

Sie traten ins Haus. In der Halle saß, ebenfalls in Abendgarderobe, eine Dame in einem langen, weit ausgeschnittenen Kleid mit einem Brillantdiadem, und hielt ein Glas in der Hand.

»Es hat Mrs. Heinkel fürchterlich zugesetzt.«

»Ich will ihn nicht sehen. Ich will nicht darüber sprechen«, sagte die Dame.

»Die Ewigen Jagdgründe übernehmen alle anfallenden Aufgaben«, sagte Dennis.

»Hier entlang«, sagte Mr. Heinkel. »In der Anrichte.«

Der Sealyham Terrier lag auf dem Abtropfbrett neben der Spüle. Dennis hob ihn in die Kiste.

»Vielleicht wären Sie so freundlich, mit anzupacken?«

Zusammen trugen sie ihre Last zum Lieferwagen.

»Sollen wir die Einzelheiten jetzt besprechen, oder wollen Sie lieber morgen Vormittag vorbeischauen?«

»Vormittags habe ich immer ziemlich viel zu tun«, sagte Mr. Heinkel. »Kommen Sie in mein Arbeitszimmer.«

Auf dem Schreibtisch stand ein Tablett. Sie schenkten sich Whisky ein.

»Hier ist unsere Broschüre, die unsere Dienstleistungen ausführlich beschreibt. Dachten Sie an Erdbestattung oder Kremation?«

»Wie bitte?«

»Beerdigen oder verbrennen?«

»Verbrennen, denke ich.«

»Ich habe hier Fotos von den verschiedenen Urnentypen.«

»Das Beste ist uns gerade gut genug.«

»Wünschen Sie eine Nische in einem Kolumbarium, oder wollen Sie die sterblichen Überreste lieber zu Hause aufbewahren?«

»Was Sie zuerst gesagt haben.«

»Und der Bestattungsritus? Wir haben einen Pfarrer, der Ihnen gern zur Seite steht.«

»Ähm, Mr. …?«

»Barlow.«

»Mr. Barlow, wir sind beide nicht gerade das, was man eifrige Kirchgänger nennt, aber ich denke, bei einem solchen Anlass braucht Mrs. Heinkel allen Trost, den Sie zu bieten haben.«

»Unser Superior Service umfasst einige spezielle Besonderheiten. Während des Einfahrens in den Ofen lässt man über dem Krematorium eine weiße Taube auffliegen, als Symbol für die Seele des Dahingeschiedenen.«

»Ja«, sagte Mr. Heinkel, »ich schätze, die Taube würde Mrs. Heinkel gefallen.«

»Und ohne Aufpreis erhalten Sie zu jedem Todestag eine Erinnerungskarte. Darauf steht: ›Ihr kleiner Arthur denkt jetzt im Himmel an Sie und wedelt mit dem Schwanz.‹«

»Das ist ein sehr schöner Gedanke, Mr. Barlow.«

»Wenn Sie dann bitte den Auftrag unterzeichnen würden ...«

Als er durch die Halle ging, neigte Mrs. Heinkel gemessen das Haupt. Mr. Heinkel begleitete ihn bis zur Autotür. »Es war mir ein Vergnügen, Ihre Bekanntschaft zu machen, Mr. Barlow. Sie haben mir eine große Last abgenommen.«

»Dafür sind die Ewigen Jagdgründe da«, sagte Dennis und fuhr davon.

Im Verwaltungsgebäude brachte er den Hund zum Kühlraum, einer geräumigen Kammer, in der bereits zwei oder drei andere kleine Kadaver lagen. Neben einer Siamkatze standen eine Dose mit Obstsaft und ein Teller mit Sandwichs. Dennis trug sein Abendessen in den Empfangsraum und nahm, während er aß, die unterbrochene Lektüre wieder auf.

## 2

Wochen vergingen, der Regen kam, die Einladungen tröpfelten nur noch und versiegten schließlich ganz. Dennis Barlow war glücklich mit seiner Arbeit. Künstler sind von Natur aus flexibel und genau; sie murren nur, wenn sie es mit Monotonie und Behelfslösungen zu tun haben. Dennis hatte das im jüngst vergangenen Krieg beobachtet. Ein dichtender Freund bei den Grenadieren war bis zum Ende mit Feuereifer dabei, während er selbst sich als flügellahmer Offizier beim Lufttransportkommando vor Verdruss fast zu Tode langweilte.

Als sein erstes und einziges Buch erschien, musste er sich in einem italienischen Hafen um dringliche Luftfracht kümmern. England war in diesem Jahrzehnt nicht gerade ein Hort der Dichtkunst; vergeblich wartete das ganze Land auf eine Wiedergeburt von Rupert Brooke. Dennis' Gedichte, die zum Lärm von V1-Bomben mit den betont munteren, zutiefst deprimierenden Publikationen aus *His Majesty's Stationery Office* erschienen, hatten unbeabsichtigt eine ähnliche Wirkung wie die Widerstandspresse im besetzten Europa. Sie wurden über die Maßen gelobt und hätten sich, wenn das Papier nicht so knapp gewesen wäre, verkauft wie ein Roman. An dem Tag, als *The Sunday Times* mit einer zweispaltigen Rezension in Caserta eintraf, bekam Dennis die Beförderung zum Adjutanten eines Luftmarschalls angeboten. Schmollend lehnte er ab, blieb bei der Luftfracht und wurde in Abwesenheit mit einem halben Dutzend Literaturpreisen bedacht. Nach seiner Entlassung ging er nach Hollywood, wo er am Drehbuch für eine Verfilmung von Shelleys Leben mitarbeiten sollte.

In den Megalopolitan Studios begegnete er erneut der ganzen krassen Sinnlosigkeit des Dienstlebens, durch die ortseigene nervöse Hektik noch verstärkt. Er murrte, verzweifelte – und floh.

Und jetzt war er zufrieden. Er übte mit Geschick ein achtbares Gewerbe aus, sehr zum Wohlgefallen von Mr. Schultz, und ließ Miss Poski im Ungewissen. Zum ersten Mal begriff er, was es hieß, »neue Wege zu gehen«. Sein Weg war schmal, aber seriös und schattig und führte in grenzenlose Fernen.

Nicht alle Kunden waren so großzügig und gefügig wie die Heinkels. Manche schreckten schon vor einem Zehn-Dollar-Begräbnis zurück, andere ließen ihre Haustiere einbalsamieren, verschwanden dann an die Ostküste und vergaßen sie; eine Frau, deren tote Bärin eine Woche lang die halbe Kühlkammer belegt hatte, überlegte es sich anders und ließ einen Präparator kommen. Das waren dunkle Tage, doch sie wurden wettgemacht durch die feierliche, fast orgiastische Einäscherung eines konfessionslosen Schimpansen oder die Beisetzung eines Kanarienvogels, über dessen winzigem Grab eine Schwadron Marinehornisten den Zapfenstreich bliesen. In Kalifornien ist es verboten, die sterblichen Überreste eines Menschen aus einem Flugzeug zu verstreuen, aber für die Tierwelt ist der Himmel freigegeben.

Einmal fiel Dennis die Aufgabe zu, die Asche einer Tigerkatze dem Luftzug über dem Sunset Boulevard anzuvertrauen. An diesem Tag wurde er für ein Lokalblatt fotografiert, und damit war sein gesellschaftlicher Ruin besiegelt. Doch er war selbstgenügsam. Seine Dichtung war einem ständigen Auf und Ab unterworfen, mal entstand etwas, dann wurde es wieder gestrichen, aber sein Werk wuchs, zwar kaum wahrnehmbar, doch beständig. Mr. Schultz erhöhte sein Gehalt. Die Wunden der Jugend heilten. An diesem stillen, fernen Rand der Welt empfand er eine friedliche Freude, wie er sie bisher erst einmal erlebt hatte. Es war damals um die Osterzeit gewesen, früh im Jahr, ein herrlicher Tag, und er lag im Bett, weil er sich bei einem schulinternen Wettkampf rühmlich verletzt hatte, und konnte hören, wie unter den Fenstern des Krankenzimmers die Schule zum Sportfest abmarschierte.

Aber während Dennis gedieh, stand es um Sir Francis nicht zum Besten. Der alte Mann verlor seine Gelassenheit. Er spielte mit seinem Essen nur noch herum und schlurfte in der stillen Morgendämmerung schlaflos über die Veranda. Juanita del Pablo fand keinen Gefallen an ihrer Umwandlung, und weil sie die Großen nicht zu treffen vermochte, zerfleischte sie ihren alten Freund. Sir Francis vertraute seine wachsenden Sorgen Dennis an.

Juanitas Agent wurde grundsätzlich: Existierte die von ihm zu vertretende Künstlerin überhaupt? Konnte man sie juristisch zwingen, sich selbst zu vernichten? Konnte man überhaupt einen Vertrag mit ihr schließen, ehe sie die grundlegenden Identitätsmerkmale erlangt hatte? Sir Francis war mit der Metamorphose betraut worden. Wie mühelos hatte er sie vor zehn Jahren ins Leben gerufen, die dynamitgeladene Mänade aus dem Hafen von Bilbao! Und mit welch bleierner Mühsal durchstöberte er jetzt das Vokabular der keltischen Sagenwelt und entwarf ihr eine neue Lebensgeschichte – eine Sage aus den Mourne Mountains von einem barfüßigen Kind, das die Bauern als Wechselbalg der Feen ansahen, die Vertraute der Kobolde – ein Wildfang, der den Esel aus der Hütte schob und sich zwischen Felsen und Wasserfällen vor den Touristen versteckte! Er las es Dennis vor und wusste, es war nicht gut.

Und er las es der noch namenlosen Schauspielerin, ihrem Agenten und ihrem Anwalt vor; außerdem waren die Direktoren der Megalopolitan Studios für die Bereiche Recht, Werbung, Image und Internationale Beziehungen anwesend. In seiner ganzen Hollywoodkarriere hatte es Sir Francis nicht erlebt, dass sich zu einer einzigen Beratung so viele Koryphäen aus dem Hohen Rat des Unternehmens einfanden. Sie lehnten seine Story ohne weitere Diskussion ab.

»Bleiben Sie eine Woche zu Hause, Frank«, sagte der Imagedirektor. »Versuchen Sie, die Sache anders aufzuziehen. Vielleicht bekommt Ihnen ja auch dieses Thema nicht?«

»Nein«, sagte Sir Francis kläglich. »Nein, das ist es nicht. Diese Besprechung war sehr hilfreich. Jetzt weiß ich, was die Herren wünschen. Jetzt habe ich bestimmt keine Schwierigkeiten mehr.«

»Wir werfen jederzeit gern einen Blick auf das, was Sie so zusammenbrauen«, sagte der Direktor für Internationale Beziehungen. Aber als sich die Tür hinter Sir Francis geschlossen hatte, blickten sich die großen Männer an und schüttelten den Kopf.

»Wieder so ein Abgehalfterter«, sagte der Imagedirektor.

»Bei uns ist gerade ein Vetter meiner Frau zu Besuch«, sagte der Werbedirektor. »Probehalber könnte ich den Job ja dem geben.«

»Ja, Sam«, sagten alle, »soll sich der Vetter deiner Frau die Sache mal ansehen.«

Sir Francis blieb also daheim, und seine Sekretärin kam täglich zum Diktat zu ihm nach Hause. Unschlüssig probierte er einen neuen Namen und eine neue Lebensgeschichte für Juanita aus: Kathleen FitzBourke, die Galionsfigur der Galway Blazers. Das schwindende Licht zwischen den Erdwällen und Mauern dieses unwirtlichen Landes, Kathleen FitzBourke allein mit den Jagdhunden, fern der bröckelnden Türme von FitzBourke Castle ... Dann kam der Tag, an dem die Sekretärin ausblieb. Er rief im Studio an. Der Anruf wurde von einem Büro ins nächste gelegt, bis schließlich eine Stimme sagte: »Ja, Sir Francis, das ist richtig so. Miss Mavrocordato ist in die Verpflegungsabteilung verlegt worden.«

»Aber ich brauche jemanden.«

»Ich bin mir nicht sicher, ob im Augenblick jemand verfügbar ist, Sir Francis.«

»Aha. Na ja, das ist zwar sehr lästig, aber dann muss ich eben in die Stadt kommen und meine Arbeit im Studio fertigstellen. Können Sie mir einen Wagen schicken?«

»Ich verbinde Sie mit Mr. Van Gluck.«

Wieder sprang das Telefonat hin und her wie ein Federball, bis endlich eine Stimme sagte: »Zentrale Beförderungsmittel. Nein, Sir Francis, tut mir leid, wir haben momentan kein Produktionsfahrzeug frei.«

Sir Francis spürte schon König Lears Mantel auf seinen Schultern, als er mit dem Taxi ins Studio fuhr. Er nickte dem Mädchen am Empfang zu, nicht ganz so liebenswürdig wie sonst.

»Guten Morgen, Sir Francis«, sagte sie. »Kann ich Ihnen behilflich sein?«

»Nein, danke.«

»Suchen Sie jemand Bestimmten?«

»Niemanden.«

Das Liftmädchen sah ihn fragend an. »Nach oben?«

»Natürlich. Dritter Stock.«

Er ging den vertrauten, nichtssagenden Korridor entlang, öffnete die vertraute Tür und blieb jäh stehen. Am Schreibtisch saß ein Fremder.

»Entschuldigung«, sagte Sir Francis. »Dumm von mir. Ist mir noch nie passiert.« Er trat zurück und schloss die Tür. Dann sah er nach. Es war seine Zimmernummer. Er hatte sich nicht geirrt. Aber in dem Schlitz, in dem zwölf Jahre – seit er aus der Drehbuchabteilung hierher versetzt worden war – ein Schild mit seinem Namen gewesen war, steckte nun ein maschinengeschriebenes Kärtchen mit dem Namen »Lorenzo Medici«. Wieder öffnete er die Tür. »Hören Sie«, sagte er. »Das muss ein Irrtum sein.«

»Kann gut sein«, sagte Mr. Medici vergnügt. »Hier ist überhaupt alles ziemlich konfus. Ich hab den halben Vormittag alten Kram rausgeräumt. Berge von Zeug, wie wenn hier jemand gewohnt hätte – Medizinflaschen, Bücher, Fotos, Kinderspiele. Hat wohl einem alten Briten gehört, der gerade abgekratzt ist.«

»Dieser Brite bin ich, und ich bin nicht abgekratzt.«

»Freut mich sehr! Ich hoffe, in dem Krempel war nichts, das Ihnen was bedeutet hat. Vielleicht liegt er noch irgendwo rum.«

»Ich muss mit Otto Baumbein sprechen.«

»Der ist auch konfus, aber ich kann mir nicht vorstellen, dass der wegen dem Gerümpel Bescheid weiß. Ich hab es einfach in den Flur rausgeschoben. Vielleicht weiß ein Hausmeister ...«

Sir Francis ging durch den Flur zum Büro des stellvertretenden Direktors. »Mr. Baumbein ist gerade in einer Besprechung. Soll er Sie anrufen?«

»Ich warte.«

Er setzte sich ins Vorzimmer, wo zwei Sekretärinnen lange privat und verliebt telefonierten. Endlich kam Mr. Baumbein heraus. »Mensch, Frank«, sagte er. »Riesig nett von dir, dass du uns besuchst. Finde ich großartig, wirklich. Komm ruhig wieder. Komm öfter vorbei, Frank.«

»Ich wollte mit dir reden, Otto.«

»Im Moment habe ich gerade wahnsinnig viel zu tun, Frank. Wie wär's, wenn ich dich irgendwann nächste Woche anrufe?«

»In meinem Büro sitzt ein Mr. Medici.«

»Ach ja, Frank. Er nennt sich übrigens ›Medissy‹. So wie du es aussprichst, klingt es irgendwie nach Spaghettifresser, und Mr. Medici ist ein ganz prächtiger junger Mann, der ganz prächtige, wunderbare Erfolge vorzuweisen hat, Frank. Es wäre mir eine Ehre, euch zwei mal zusammenzubringen.«

»Und wo werde ich jetzt arbeiten?«

»Ja, schau, Frank, darüber würde ich wirklich gern mit dir

reden, aber momentan habe ich einfach keine Zeit. Ist doch so, meine Liebe, nicht wahr?«

»Ja, Mr. Baumbein«, sagte die eine Sekretärin. »Sie haben absolut keine Zeit.«

»Da siehst du's. Ich habe einfach keine Zeit. Aber mir fällt was ein. Meine Liebe, machen Sie für Sir Francis einen Termin bei Mr. Erikson. Mr. Erikson hat bestimmt ein offenes Ohr für ihn.«

Also suchte Sir Francis Mr. Erikson auf, Mr. Baumbeins unmittelbaren Vorgesetzten, und erfuhr von ihm in unverblümten nordischen Worten, was er in der letzten Stunde schon dunkel vermutet hatte: dass sein langjähriger Dienst bei Megalopolitan Pictures Inc. beendet war.

»Das hätte man mir höflicherweise auch mitteilen können«, sagte Sir Francis.

»Der Brief ist unterwegs. So was zieht sich manchmal, wie Sie wissen, es müssen ja viele verschiedene Abteilungen ihr Okay geben – die Justiz, die Finanzen, das Arbeitskampfreferat. Aber in Ihrem Fall rechne ich nicht mit Schwierigkeiten. Zum Glück sind Sie ja kein Gewerkschaftler. Hin und wieder protestieren die Großen Drei dagegen, dass Arbeitskräfte verbraten werden – wenn wir jemanden aus Europa, China oder sonst woher holen und dann nach einer Woche feuern. Aber das ist bei Ihnen ja nicht der Fall. Sie haben sogar eine Rekord-Dienstzeit. Genau fünfundzwanzig Jahre, nicht wahr? Und in Ihrem Vertrag gibt's nicht mal eine Rückführungsklausel. Ihre Kündigung dürfte glatt durchflutschen.«

Sir Francis verließ Mr. Erikson und ging hinaus aus dem großen Bienenkorb. Das Gebäude hieß »Wilbur K. Lutit

Memorial Block« und hatte noch gar nicht gestanden, als Sir Francis nach Hollywood gekommen war. Damals hatte Wilbur K. Lutit noch gelebt, Sir Francis hatte ihm sogar einmal sein fettes Händchen drücken dürfen. Er hatte beobachtet, wie das Gebäude in die Höhe wuchs, und bei der feierlichen Einweihung auf einem ehrenvollen, wenn auch nicht prominenten Platz gesessen. Er hatte gesehen, wie die Räume allmählich besetzt und wieder umbesetzt wurden, und wie die Namensschildchen an den Türen wechselten. Er hatte Kommen und Gehen miterlebt, hatte Mr. Erikson und Mr. Baumbein auftreten und andere, deren Namen ihm nun entfallen waren, abtreten sehen. Er musste an den armen Leo denken, der aus höchster Höhe abgestürzt und mit unbezahlter Rechnung im Hotel Allahs Garten gestorben war.

»Haben Sie gefunden, wen Sie gesucht haben?«, fragte das Mädchen am Empfang, als er in den Sonnenschein hinaustrat.

Rasen gedeiht nicht im südlichen Kalifornien, folglich ließ der Boden in Hollywood keinerlei Raffinessen beim Cricketspiel zu. Die jüngeren Clubmitglieder spielten zwar gelegentlich, aber die Mehrheit scherte sich so wenig um Cricket wie die Zünfte der Stadt London um den Fischhandel oder die Schuhmacherei. Für sie war der Club das Symbol ihrer feinen englischen Art. Dort sammelten sie Spenden für das Rote Kreuz und konnten außer Hörweite ihrer fremdländischen Arbeitgeber und Gönner ungezwungen und boshaft plaudern. Dahin also begaben sich die Exilanten am Tag nach Sir Francis Hinsleys unerwartetem

Tod, als wären sie von einer Sturmglocke zusammengerufen worden.

»Der junge Barlow hat ihn gefunden.«

»Der Barlow von Megalo?«

»Er war früher bei Megalo. Sein Vertrag wurde nicht verlängert. Jetzt ist er …«

»Ja, ich hab's gehört. Eine entsetzliche Sache.«

»Ich habe Sir Francis nicht gekannt, der war vor meiner Zeit. Weiß jemand, warum er es getan hat?«

»Sein Vertrag wurde nicht verlängert.«

Das waren verhängnisvolle Worte für alle Anwesenden, Worte, die keiner aussprach, ohne verstohlen auf Holz zu klopfen oder die Finger zu kreuzen, unselige Worte, die am besten ungesagt blieben. Jedem von ihnen war eine Lebensspanne zwischen der Unterzeichnung des Vertrags und seinem Auslaufen zugeteilt. Jenseits davon lag das Unermessliche, Unergründliche.

»Wo ist Sir Ambrose? Er kommt doch sicher heute Abend.«

Endlich erschien er, und man bemerkte, dass er bereits ein Kreppband an seinem Coldstream Blazer trug. Trotz der späten Stunde ließ er sich noch eine Tasse Tee geben, sog die stickige, spannungsgeladene Luft im Pavillon ein und sprach: »Sicher habt ihr alle von dieser grässlichen Geschichte mit dem alten Frank gehört?«

Gemurmel.

»Er hat's schwer gehabt am Ende. Vermutlich gibt es in Hollywood jetzt niemanden mehr außer mir, der sich noch daran erinnert, wie er in seinen besten Jahren war. Er hat treue Dienste geleistet.«

»Er war gebildet und ein Gentleman.«

»Genau. Er war einer der ersten Engländer von Rang und Namen, die zum Film gingen. Man könnte sagen, er hat das Fundament errichtet, auf dem ich – auf dem wir alle gebaut haben. Er war unser erster Botschafter.«

»Ich finde wirklich, Megalo hätte ihn behalten können. Die hätten sein Gehalt doch gar nicht gespürt. Viel hätte er sie ohnehin nicht mehr gekostet, wenn man der Natur ihren Lauf gelassen hätte.«

»In dieser Stadt werden die Leute sehr alt.«

»Ach, das war's ja nicht«, sagte Sir Ambrose. »Es gab andere Gründe.« Er schwieg kurz. Dann fuhr er in scheinheiligem, süßlichem Ton fort: »Ich glaube, ich erzähle es euch besser, denn es hat mit unser aller Leben hier zu tun. Wahrscheinlich haben nicht viele von euch Frank in den letzten Jahren besucht. Ich schon. Ich mache es mir zur Aufgabe, mit allen hier lebenden Engländern in Kontakt zu bleiben. Wie ihr vielleicht wisst, hat er einen jungen Engländer namens Dennis Barlow bei sich aufgenommen.« Die Mitglieder des Cricketclubs blickten einander an, manche wissend, manche bang. »Also – nichts gegen Barlow! Als er hierherkam, stand er in dem Ruf, ein hochangesehener Dichter zu sein. Aber er hat leider keinen Erfolg gehabt. Man kann ihm das nicht vorwerfen. Hollywood ist eine knüppelharte Teststrecke. Nur die Besten kommen durch. Barlow hat es nicht geschafft. Als ich davon hörte, habe ich ihn sofort aufgesucht und ihm so unverblümt wie möglich geraten, von hier zu verschwinden. Ich fand, das war meine Pflicht euch allen gegenüber. Wir wollen nicht, dass hier in Hollywood arme Engländer herumlungern. Das habe ich ihm offen und ehrlich gesagt, von Engländer zu Engländer.

Nun ja, die meisten von euch wissen wohl, wie seine Antwort lautete. *Er arbeitet jetzt bei einem Tierbestatter.*

Wenn in Afrika ein weißer Mann Schande über sich bringt und seine Leute enttäuscht, dann schickt ihn die Obrigkeit nach Hause. Dieses Recht haben wir hier bedauerlicherweise nicht. Das Unangenehme ist, dass wir die Verrücktheit eines Einzelnen alle gemeinsam ausbaden müssen. Glaubt ihr, unter anderen Umständen hätte Megalo den armen Frank an die Luft gesetzt? Aber als sie merkten, dass er mit einem Kerl zusammenwohnt, der auf einem Tierfriedhof arbeitet … Ich bitte euch!! Ihr alle wisst fast genauso gut wie ich, was sich hier gehört und was nicht. Ich sage nichts gegen unsere amerikanischen Kollegen, prima Burschen ohnegleichen, und sie haben die wunderbarste Industrie der Welt erfunden. Aber sie haben eben ihre Richtlinien – wer will ihnen das verdenken? In einer Welt des Wettbewerbs werden die Menschen nach ihrem Nennwert beurteilt. Alles hängt vom guten Ruf ab – vom ›Gesicht‹, wie man im Orient sagt. Wenn man das verliert, verliert man alles. Frank hat das Gesicht verloren. Mehr sage ich nicht.

Mir persönlich tut es leid um den jungen Barlow. Ich möchte heute nicht in seiner Haut stecken. Ich habe ihn gerade besucht. Dachte, das gehört sich so. Ich hoffe, wenn er euch mal über den Weg läuft, denkt ihr daran, dass sein größter Fehler seine Unerfahrenheit war. Er wollte sich nicht raten lassen. Trotzdem …

Ich habe alle Vorbereitungen ihm überlassen. Er geht in die Elysischen Gefilde, sobald die Polizei die sterblichen Überreste freigibt. Ich fand, man muss ihm etwas zu tun geben, damit er auf andere Gedanken kommt.

Das ist ein Anlass, bei dem wir alle Flagge zeigen sollten. Wir müssen wohl alle in die Tasche greifen – der alte Frank hat vermutlich nicht viel hinterlassen –, aber das dürfte gut angelegtes Geld sein, wenn es der britischen Kolonie bei der Filmindustrie zu Ansehen verhilft. Ich habe in Washington angerufen und gebeten, den Botschafter zur Beerdigung zu schicken, aber wahrscheinlich klappt das nicht. Ich werde es noch einmal versuchen. Das würde nämlich einiges ausmachen. Die Studios bleiben bestimmt nicht fern, wenn *wir* geschlossen erscheinen …«

Während er sprach, sank die Sonne hinter die dicht bewachsenen Berge im Westen. Der Himmel war noch hell, aber über das zähe, struppige Gras des Cricketfelds kroch ein Schatten und brachte empfindliche Kühle mit.

# 3

Dennis' Empfindlichkeiten lagen eher auf körperlichem als auf seelischem Gebiet. Er hatte sich in seinen achtundzwanzig Lebensjahren alle Gewalt vom Leibe gehalten, gehörte aber einer Generation an, die aus zweiter Hand durchaus mit dem Tod vertraut war. Zufällig hatte er noch nie eine menschliche Leiche gesehen bis zu diesem Morgen, als er von der Nachtschicht müde nach Hause kam und den Hausherrn von den Dachsparren baumeln sah. Es war ein brutaler und im ersten Moment verstörender Anblick gewesen, aber sein Verstand akzeptierte dieses Ereignis als Teil der bestehenden Ordnung. Bei anderen Menschen in zarterem Alter hätte eine solche Entdeckung das ganze Leben verändert; doch für Dennis war so etwas fast zu erwarten gewesen in der Welt, wie er sie kannte, und als er in die Elysischen Gefilde fuhr, war er angenehm heiter gestimmt und von Neugier erfüllt.

Unzählige Male hatte er seit seiner Ankunft in Hollywood den Namen dieser großartigen Nekropole aus dem Mund anderer Leute gehört. Er hatte ihn in den Lokalzeitungen gelesen, wenn einer außergewöhnlich illustren Leiche außergewöhnlich pompös die letzte Ehre erwiesen wurde, oder wenn die dortige Sammlung zeitgenössischer Kunst um ein Meisterwerk erweitert wurde. In den letzten Wochen war sein Interesse lebhafter und technischer geworden, denn die Ewigen Jagdgründe verstanden sich als freilich bescheidener Versuch, dem großen Nachbarn nachzueifern. Die Sprache, derer er sich in seinem neuen Beruf täglich bediente, war ein Patois, das sich aus jener edlen, reinen Quelle speiste. Mehr als einmal hatte Mr. Schultz nach einem seiner Auftritte gejubelt: »Das wäre der Elysischen Gefilde würdig gewesen!« Wie ein Missionar, der zum ersten Mal zum Vatikan pilgert, wie ein zentralafrikanischer Stammesfürst, der den Eiffelturm besteigt, so fuhr Dennis Barlow, Dichter und Tierbestatter, durch das Goldene Tor.

Es war riesig, das größte der Welt, und frisch vergoldet. Eine Tafel verwies auf die geringeren Ausmaße seiner Konkurrenten in der Alten Welt. Dahinter befand sich ein Halbkreis aus Goldeiben, eine breite Schotterstraße und eine Raseninsel mit einer mächtigen freistehenden Marmorwand in Form eines geöffneten Buches. Hier stand in fußhohen Lettern eingraviert:

*Der Traum*
*Siehe, ich träumte einen Traum, und ich sah eine neue Erde, der Glückseligkeit geweiht. Ich sah die glücklichen Ruhestätten zahlloser Verewigter inmitten all dessen, womit Natur und Kunst die Menschenseele zu erbauen vermögen. Und ich sah die Hinterbliebenen am Ufer jenes schmalen Flüsschens warten, das sie von denen trennte, die ihnen vorausgegangen waren. Jung und alt, auch sie waren glücklich. Glücklich ob der Schönheit, glücklich ob der Gewissheit, dass die geliebten Verstorbenen ihnen nahe waren, in Schönheit und Glückseligkeit, wie sie die Erde nicht schenken kann.*

*Ich hörte eine Stimme sagen: »Gehe hin und tue desgleichen!«*

*Und siehe, ich erwachte, und im Licht und in der Verheißung meines Traumes schuf ich die Elysischen Gefilde.*

*Tritt ein, Fremder, und sei glücklich.*

Und darunter als riesiges Schreibschrift-Faksimile die Signatur:

*Wilbur Kenworthy, der Träumer*

Auf einem bescheidenen Holzschild daneben stand: »Preise auf Anfrage im Verwaltungsgebäude. Fahren Sie geradeaus.«

Dennis fuhr weiter durch einen grünen Park und gelangte bald in Sichtweite eines Gebäudes, das er in England für den Landsitz eines Finanzmagnaten aus der Zeit Edwards VII. gehalten hätte. Es war schwarzweiß, hatte Fachwerk und Giebel, gewundene Backsteinkamine und schmiedeeiserne Wetterfahnen. Er parkte sein Auto zwischen einem Dutzend anderer und ging auf einem buchsbaumgesäumten Pfad zu Fuß weiter, vorbei an einem abgesenkten Kräutergarten, einer Sonnenuhr, einem Vogelbad mit Brunnen, einer Bank aus grobbehauenem Holz und einem Taubenschlag. Rings um ihn stieg überall leise Musik auf, die gedämpften Melodien des »Hindu-Liebeslieds«, gespielt auf einer Orgel und übertragen von zahllosen im Garten versteckten Lautsprechern.

Als er ganz zu Beginn bei Megalopolitan Studios zum ersten Mal auf dem Filmgelände herumstrich, überstieg es seine Vorstellungskraft, dass diese scheinbar soliden Straßen und Plätze aus allen möglichen Zeiten und Klimazonen in Wirklichkeit Gipsfassaden waren, die von hinten aussahen wie Reklametafeln. Hier war die Wirkung genau umgekehrt. Dennis konnte es kaum fassen, dass das Gebäude vor ihm dreidimensional und dauerhaft sein sollte; doch wie überall in den Elysischen Gefilden wurde irgendwelchen Zweifeln auch hier durch das aufgemalte Wort auf die Sprünge geholfen. Auf einem Schild stand:

*Diese detailgetreue Replik eines alten englischen Herrenhauses wurde wie alle Gebäude in den Elysischen Gefilden ausschließlich aus Edelstahl und Beton erbaut, auf Fundamenten, die bis in den felsigen Grund reichen. Es ist feuerbeständig, erdbebengeschützt und            . Die Namen derer, die in den Elysischen Gefilden verzeichnet sind, werden leben immerdar.*

An der leeren Textstelle arbeitete gerade ein Plakatmaler, und Dennis, der stehen geblieben war, um sich das genauer anzusehen, erkannte den Schatten des soeben überpinselten Wortes »kugelsicher« sowie die Umrisse von »bombenfest«, das die Lücke füllen sollte.

Von Musik begleitet, schritt er nun gewissermaßen von Garten zu Garten, denn dem Büroeingang konnte man sich nur durch einen Blumenladen nähern. Eine junge Dame besprühte eine Fliedervase mit Duft, während eine andere gerade telefonierte. »Oh, Mrs. Bogolov, ich bedauere sehr, aber das gehört zu den wenigen Dingen, die in den Elysischen Gefilden nicht möglich sind. Der Träumer gestattet keine

Kränze oder Kreuze. Wir arrangieren die Blumen nach ihrer natürlichen Schönheit. Nur das entspricht den Vorstellungen des Träumers. Bestimmt wäre es auch Mr. Bogolov selbst lieber so. Wollen Sie das nicht einfach uns überlassen, Mrs. Bogolov? Sie sagen uns, was Sie ausgeben möchten, und alles Übrige erledigen wir. Ich bin überzeugt, Sie werden mehr als zufrieden sein. Danke, Mrs. Bogolov, es ist mir ein Vergnügen ...«

Dennis ging weiter zu einer Tür mit der Aufschrift »Auskunft«, öffnete sie und landete in einem Bankettsaal mit Balkendecke. Auch hier erklang das Hindu-Liebeslied, diesmal als dezente Predigt aus der dunklen Eichenvertäfelung. Eine junge Dame erhob sich aus einer Runde von Kolleginnen, um ihn zu begrüßen. Sie gehörte zu dieser neuen Gattung erlesener, liebenswürdiger, tüchtiger junger Damen, denen er überall in den Vereinigten Staaten begegnet war. Sie trug einen weißen Kittel, und links über ihrem strammen Busen war das Wort *Bestattungsbetreuerin* aufgestickt.

»Kann ich Ihnen helfen?«

»Ich komme wegen eines Begräbnisses.«

»Ist es für Sie selbst?«

»Natürlich nicht. Sehe ich so moribund aus?«

»Wie bitte?«

»Sehe ich aus, als würde ich bald sterben?«

»Aber nein. Es ist nur so, dass viele unserer Freunde gern sogenannte Vorsorgliche Vorkehrungen treffen. Würden Sie mir bitte folgen?«

Sie führte ihn aus dem Saal in einen schwach beleuchteten Flur. Hier war die Ausstattung georgianisch. Das Hindu-Liebeslied verklang, und an seine Stelle trat die Stimme einer Nachtigall. In einem kleinen, plüschigen Salon nahmen er und die Bestattungsbetreuerin Platz, um alles Nötige zu besprechen.

»Als Erstes muss ich die wichtigsten Daten notieren.«

Er nannte ihr seinen Namen und den von Sir Francis.

»So, Mr. Barlow, an was hatten Sie gedacht? Einbalsamierung natürlich, und danach Kremation oder nicht, je nach Geschmack. Unser Krematorium arbeitet auf wissenschaftlicher Basis, die Hitze ist so stark, dass alles Unwesentliche verdampft. Manchen Menschen gefällt der Gedanke nicht, dass sich die Asche von Sarg und Kleidung mit der des lieben Angehörigen vermischt. Die normale Entsorgung erfolgt über Beerdigung, Gruftbestattung, Urnenbeisetzung oder Einmauerung; viele Leute bevorzugen allerdings in letzter Zeit die Sarkophagisierung. Das ist *sehr* individuell. Der Sarg wird in einen versiegelten Sarkophag aus Marmor oder Bronze gestellt und verbleibt überirdisch in einer Mausoleumsnische, wahlweise mit oder ohne persönliches Buntglasfenster. Dieses Angebot richtet sich natürlich eher an diejenigen, für die der Preis nicht im Vordergrund steht.«

»Wir möchten meinen Freund beerdigen.«

»Dies ist gewiss nicht Ihr erster Besuch in den Elysischen Gefilden?«

»Doch.«

»Dann möchte ich Ihnen den Traum erklären. Der Park ist in Bereiche eingeteilt. Jeder Bereich hat einen eigenen Namen und ein entsprechendes Kunstwerk. Natürlich variieren die Bereiche im Preis, und innerhalb eines Bereichs variiert der Preis je nach Nähe zum Kunstwerk. Wir haben billige

Einzelplätze zu nur 50 Dollar. Sie liegen in Pilgers Letzte Ruh, einer Zone, die wir gerade hinter dem Brennstofflager des Krematoriums errichten. Die teuersten befinden sich auf dem Eiland im See. Sie bewegen sich um die 1000 Dollar. Dann haben wir noch das Liebesnest rings um eine ganz wunderschöne Kopie von Rodins berühmter Skulptur *Der Kuss*. Dort gibt es Doppelgrabstätten für 750 Dollar das Paar. War der Verblichene verheiratet?«

»Nein.«

»Was hatte er denn für einen Beruf?«

»Er war Schriftsteller.«

»Ah, dann wäre Poets' Corner, die Dichterecke, der richtige Platz. Dort finden Sie viele unserer namhaftesten Literaten, entweder persönlich oder als Vorsorgliche Reservierung. Gewiss kennen Sie die Werke von Amelia Bergson?«

»Ich weiß davon.«

»Erst gestern haben wir Miss Bergson eine Vorsorgliche Reservierung verkauft, unter der Statue des berühmten griechischen Dichters Homer. Ich könnte Ihren Freund gleich neben sie legen. Aber vielleicht möchten Sie den Bereich erst besichtigen, bevor Sie sich entscheiden.«

»Ich möchte alles besichtigen.«

»Es gibt tatsächlich viel zu sehen. Sobald wir die wichtigen Daten notiert haben, Mr. Barlow, werde ich einen Führer bitten, Ihnen alles zu zeigen. Gehörte der Verewigte einer Religionsgemeinschaft an?«

»Er war Agnostiker.«

»Wir haben zwei konfessionslose Kirchen hier im Park und eine Reihe konfessionsloser Geistlicher. Juden und Katholiken regeln ihre Angelegenheiten lieber selbst.«

»Ich glaube, Sir Ambrose Abercrombie plant eine spezielle Trauerfeier.«

»Oh, war Ihr lieber Verstorbener beim Film, Mr. Barlow? In diesem Fall sollte er im Schattenreich ruhen.«

»Ich glaube, bei Homer und Miss Bergson würde es ihm besser gefallen.«

»Dann eignet sich am ehesten die University Church. Wir ersparen den Hinterbliebenen gern eine lange Prozession. Ich nehme an, der Verblichene war Kaukasier?«

»Nein, wie kommen Sie denn darauf? Er war ein waschechter Engländer.«

»Engländer sind waschechte Kaukasier, Mr. Barlow. Dieser Park unterliegt einer Zulassungsbeschränkung. Der Träumer hat diese Vorschrift aus Rücksicht auf die Hinterbliebenen erlassen. Die bleiben in der Zeit dieser schweren Prüfung lieber unter ihresgleichen.«

»Aha, ich verstehe. Gut, ich kann Ihnen versichern, Sir Francis war schneeweiß.«

Bei diesen Worten erschien vor Dennis' innerem Auge überdeutlich das Bild, das in seinem Kopf auf der Lauer lag und nur selten ganz verschwand. Der sackartig baumelnde Körper, darüber das Gesicht mit den roten, schaurig aus den Höhlen getretenen Augen, die Wangen, indigoblau gemasert wie das marmorierte Vorsatzpapier eines Kassenbuchs, und die geschwollene Zunge, die ihm aus dem Mund hing wie ein schwarzer Wurstzipfel.

»Kommen wir jetzt zum Sarg.«

Sie betraten die Ausstellungsräume, wo Särge der verschiedensten Formen und Materialien standen. Aus der Stuckleiste sang noch immer die Nachtigall.

»Der zweigeteilte Deckel ist äußerst beliebt für die Herren unter den Entschlafenen. Damit wird nur der obere Teil zur Besichtigung freigegeben.«

»Zur Besichtigung freigegeben?«

»Ja, wenn die Hinterbliebenen kommen, um Abschied zu nehmen.«

»Aber hören Sie, ich glaube, das ist völlig unmöglich. Ich habe ihn gesehen. Er ist furchtbar entstellt.«

»Wenn spezielle kleine Schwierigkeiten vorliegen, müssen Sie das unseren Kosmetikerinnen mitteilen. Sie haben noch nie versagt. Eine von ihnen werden Sie ohnehin kennenlernen, bevor Sie fahren.«

Dennis traf keine überstürzte Wahl. Er prüfte alles, was zum Verkauf stand. Schon der schlichteste Sarg, so erkannte er demütig, stellte das prächtigste Produkt der Ewigen Jagdgründe in den Schatten, und als er sich der Zweitausenddollarmarke näherte – und das waren noch keineswegs die teuersten –, wähnte er sich im Ägypten der Pharaonen. Schließlich entschied er sich für eine gediegene Nussbaumtruhe mit Bronzeverzierungen, ausgekleidet mit gesteppter Atlasseide. Der Deckel war, wie empfohlen, zweigeteilt.

»Und Sie sind sicher, dass man ihn vorzeigbar machen kann?«

»Letzte Woche hatten wir einen Verewigten, der ertrunken aufgefunden wurde. Er hatte einen Monat im Meer gelegen und konnte nur anhand seiner Armbanduhr identifiziert werden. Diesen Ersoffenen«, sagte die Bestattungsbetreuerin und wich befremdlicherweise plötzlich von der hochtrabenden Redeweise ab, derer sie sich bislang befleißigt hatte, »haben sie hergerichtet, dass er aussah wie an seinem

Hochzeitstag. Die Jungs da oben verstehen ihr Handwerk. Die machen ihn auch noch vorzeigbar, wenn er auf einer Atombombe gesessen hat.«

»Das ist sehr tröstlich.«

»Das finde ich auch.« Dann wechselte sie wieder zu ihrem Berufston, als setzte sie sich eine andere Brille auf, und fuhr fort: »Wie soll der Verblichene gekleidet werden? Wir haben eine eigene Schneiderei. Manchem passt nach langer Krankheit die eigene Kleidung nicht mehr, manchmal finden auch die Hinterbliebenen, ein guter Anzug wäre Verschwendung. Wir können den Entschlafenen im angemessenen Rahmen ausstatten, ein Sarganzug wird ja nicht strapaziert, und sofern man beim Abschied nur die obere Partie präsentiert, benötigen wir nur Sakko und Weste. Vor dunklem Stoff kommen die Blumen am besten zur Geltung.«

Dennis war vollkommen fasziniert. Schließlich sagte er: »Sir Francis war kein Dandy. Ich bezweifle, dass er einen einigermaßen sargtauglichen Anzug besitzt. In Europa nehmen wir normalerweise ein Leichenhemd.«

»Oh, wir haben auch Leichenhemden. Ich zeige sie Ihnen.«

Die Bestattungsbetreuerin führte ihn zu einem Möbel mit Schubfächern, das aussah wie ein Sakristeischrank für Messgewänder, und präsentierte ein Kleidungsstück, wie es Dennis noch nie erblickt hatte. Als sie merkte, wie interessiert er war, hielt sie es hoch, damit er es genauer betrachten konnte. Es wirkte wie ein Anzug und war vorne zugeknöpft, hinten aber offen; die Ärmel hingen lose herab, die Längsnaht war nicht geschlossen. Am Ärmelaufschlag war ein halber Zoll Leinenstoff zu sehen, und der V-Ausschnitt der Weste war auf ähnliche Weise ausgefüllt. Aus dem Kragen, der ebenfalls so dalag, als sei er hinten aufgeschlitzt, blitzte eine Frackschleife hervor, gewissermaßen eine verklärte »Fliege«.

»Das ist unsere Erfindung«, sagte sie. »Allerdings wird es jetzt überall kopiert. Die Idee stammt von den schnellen Kostümwechseln im Vaudeville. Es ermöglicht uns, den Verewigten anzukleiden, ohne seine Haltung zu verändern.«

»Äußerst bemerkenswert. Ich glaube, es ist genau das, was wir brauchen.«

»Mit oder ohne Hose?«

»Worin genau liegt der Vorteil einer Hose?«

»Das ist die Kleidung für den Schlummerraum. Es kommt darauf an, ob der Abschied auf der Chaiselongue oder im Sarg stattfinden wird.«

»Vielleicht sollte ich mir den Schlummerraum erst einmal ansehen, bevor ich mich entscheide.«

»Bitte sehr.«

Sie führte ihn zurück in den Saal und dann eine Treppe hinauf. Die Nachtigall war mittlerweile einer Orgel gewichen, und so gelangten sie von Händel-Klängen begleitet in die Schlummeretage. Dort fragte sie eine Kollegin: »Welcher Raum ist gerade frei?«

»Nur die Narzisse.«

»Hier entlang, Mr. Barlow.«

Sie passierten viele geschlossene Türen aus gebeizter Eiche, bis die Bestattungsbetreuerin schließlich eine öffnete und beiseitetrat, um ihn einzulassen. Er erblickte ein kleines

Zimmer, hell möbliert und tapeziert. Es hätte zu einem luxuriösen modernen Country Club gehören können – nur eines passte nicht: Rings um ein Chintz-Sofa standen Blumenvasen, und auf dem Sofa lag etwas, das ihm das wächserne Ebenbild einer älteren Dame in Abendkleidung zu sein schien. Ihre weiß behandschuhten Hände hielten einen kleinen Strauß, und auf ihrer Nase glitzerte ein randloser Kneifer.

»Oh«, sagte die junge Dame, »wie dumm von mir. Wir sind versehentlich ins Primelzimmer gegangen. Das ist belegt«, fügte sie überflüssigerweise hinzu.

»Ja.«

»Der Abschied findet erst am Nachmittag statt, aber wir gehen lieber, bevor wir auf eine der Kosmetikerinnen stoßen. Sie nehmen gern ein paar letzte Korrekturen vor, ehe die Hinterbliebenen eingelassen werden. Immerhin haben Sie jetzt einen Eindruck von der Chaiselongue-Variante. Für Herren empfehlen wir gewöhnlich die Halbpräsentation im Sarg, weil die Beine nie besonders gut aussehen.«

Sie führte ihn wieder hinaus.

»Werden es viele Personen beim Abschied?«

»Ja, ich glaube schon. Sehr viele.«

»Dann nehmen Sie lieber eine Suite mit einem Vorraum. Am besten wäre das Orchideenzimmer. Soll ich es reservieren?«

»Ja, bitte.«

»Und die Halbpräsentation im Sarg, nicht die Chaiselongue?«

»Nicht die Chaiselongue.«

Sie brachte ihn wieder in den Empfangsraum.

»Es dürfte ein wenig befremdlich für Sie gewesen sein, Mr. Barlow, unerwartet einen geliebten Angehörigen so vorzufinden.«

»Ein wenig schon, das muss ich gestehen.«

»Das wird am Tag des Abschieds ganz anders. Diese Zeremonie ist ein Quell des Trostes. Oft haben die Hinterbliebenen den geliebten Angehörigen zum letzten Mal auf seinem Schmerzenslager gesehen, umgeben von den grauenhaften Begleiterscheinungen eines Krankenzimmers oder einer Klinik. Hier sehen sie ihn, wie sie ihn aus beschwingten Tagen kennen, verklärt in Frieden und Glück. Wenn sie bei der Beerdigung vorüberdefilieren, ist nur Zeit für einen letzten Blick. Hier im Schlummerraum können sie so lange bleiben, wie sie wollen, und im Geiste ein letztes schönes Erinnerungsfoto machen.«

Ihm fiel auf, dass sie zum Teil überkorrekt die Formulierungen des Träumers verwendete, dann aber auch ihr eigenes forsches Vokabular. Jetzt waren sie wieder im Empfangsraum, und sie ging zu ihrer forschen Sprechweise über. »So, ich schätze, ich hab jetzt alles, was ich von Ihnen brauche, Mr. Barlow. Fehlt nur noch Ihre Unterschrift unter dem Auftrag und eine Anzahlung.«

Darauf war Dennis vorbereitet. So lief es auch in den Ewigen Jagdgründen ab. Er bezahlte 500 Dollar und nahm die Quittung entgegen.

»Jetzt wartet noch eine Kosmetikerin auf Sie, die ihrerseits einige wichtige Angaben benötigt, aber darf ich, bevor wir uns trennen, Ihr Interesse noch auf unsere Angebote hinsichtlich der Vorsorglichen Vorkehrungen lenken?«

»Ich bin an allem, was die Elysischen Gefilde betrifft,

höchst interessiert, doch an diesem Aspekt vielleicht weniger als an den anderen.«

»Die Vorteile einer solchen Planung sind zwiefach« – sie sprach jetzt übertrieben vorschriftsmäßig –, »nämlich finanzieller und psychologischer Natur. Sie, Mr. Barlow, nähern sich jetzt Ihrer Höchstverdienstphase. Gewiss treffen Sie allerlei Vorsorgemaßnahmen für die Zukunft – Geldanlagen, Versicherungen und so weiter. Sie sorgen vor, um Ihren Lebensabend in Sicherheit zu verbringen, aber haben Sie einmal bedacht, welche Lasten Sie Ihren Hinterbliebenen aufbürden? Letzten Monat, Mr. Barlow, kam ein Ehepaar zu uns, um sich hinsichtlich der Vorsorglichen Vorkehrungen beraten zu lassen. Es waren prominente Bürger im besten Alter mit zwei Töchtern, die soeben zu schönster weiblicher Jugend erblühen. Sie hörten sich alles genau an, waren beeindruckt und sagten, sie würden in ein paar Tagen wiederkommen und alles festlegen. Doch schon am nächsten Tag, Mr. Barlow, wurden sie beide bei einem Autounfall hinweggerafft, und statt ihrer kamen zwei aufgelöste Waisen, die hören wollten, welche Vorkehrungen ihre Eltern getroffen hätten. Wir mussten ihnen mitteilen, dass keinerlei Vorkehrungen getroffen worden seien. Und so blieben diese Kinder in der Stunde ihrer größten Not ohne Trost. Wie anders wäre es gewesen, wenn wir hätten sagen können: ›Willkommen in den glückseligen Elysischen Gefilden!‹«

»Ja, aber ich habe keine Kinder. Außerdem bin ich Ausländer. Ich beabsichtige nicht, hier zu sterben.«

»Mr. Barlow, Sie haben Angst vor dem Tod.«

»Nein, bestimmt nicht.«

»Vor dem Unbekannten zurückzuschrecken ist ganz natürlich, Mr. Barlow. Aber wenn Sie offen und frei darüber reden, vertreiben Sie die krankhaften Gedanken. Das gehört zu den Dingen, die uns die Psychoanalyse gelehrt hat. Holen Sie Ihre dunklen Ängste ans Licht des ganz normalen Tages eines ganz normalen Menschen, Mr. Barlow. Machen Sie sich klar, dass der Tod nicht Ihre eigene private Tragödie ist, sondern ein allgemein menschliches Los. Wie schreibt Hamlet so schön: ›Du weißt, es ist gemein, was lebt, muss sterben.‹ Vielleicht finden Sie es morbid oder sogar gefährlich, über dieses Thema nachzudenken, Mr. Barlow, doch die Forschung hat das Gegenteil bewiesen. Nur aus Furcht vor dem Tod lässt bei vielen Menschen die Lebenskraft vorzeitig nach, und ihre Erwerbsfähigkeit nimmt ab. Wer diese Furcht vertreibt, erhöht seine Lebenserwartung. Wählen Sie also jetzt in Ruhe und bei guter Gesundheit, wie Ihr Ausklang aussehen soll, bezahlen Sie, solange Sie gut bei Kasse sind, und werfen Sie alle Angst von sich. Schieben Sie uns den Schwarzen Peter zu, Mr. Barlow, die Elysischen Gefilde sind ihm gewachsen.«

»Ich werde gründlich darüber nachdenken.«

»Ich gebe Ihnen unsere Broschüre mit. Und jetzt darf ich Sie an die Kosmetikerin weiterreichen.«

Sie ging hinaus, und sofort hatte Dennis sie aus seinem Gedächtnis gelöscht. Er hatte sie schon hundertmal gesehen. Schon möglich, überlegte Dennis, dass amerikanische Mütter imstande sind, ihre Töchter von anderen Mädchen zu unterscheiden, es heißt ja auch von den Chinesen, sie könnten ihre allesamt gleich aussehenden Mitmenschen geschickt auseinanderhalten, aber für das europäische Auge schien die Bestattungsbetreuerin mit ihren Schwestern bei den Fluggesellschaften und Hotelrezeptionen und auch mit Miss Poski von den Ewigen Jagdgründen zu verschmelzen. Es war der Standardartikel. Von einem solchen Mädchen konnte sich ein Mann in einem Feinkostgeschäft in New York verabschieden, dann 3000 Meilen fliegen und sie in einem Tabakladen in San Francisco wiederfinden, so wie er sein Lieblingscomic in der Zeitung wiederfand. Sie würde ihm in zärtlichen Momenten die gleichen Worte ins Ohr gurren und in Gesprächsrunden die gleichen Ansichten und Vorlieben äußern. Das war praktisch, doch Dennis entstammte einer älteren Zivilisation mit anspruchsvolleren Bedürfnissen. Er suchte das Nichtgreifbare, das verschleierte Gesicht im Nebel, die Silhouette im hellen Türrahmen, die geheimnisvollen Reize eines Körpers, der unter einem samtenen Abendkleid verborgen war. Ihn verlangte nicht nach den Errungenschaften dieses reichen Kontinents, nach langen Armen und Beinen in Swimmingpools oder riesigen, geschminkten Augen und Mündern unter Bogenlampen. Doch das Mädchen, das jetzt eintrat, war einzigartig, wenn auch nicht undefinierbar – gleich im ersten Augenblick schoss Dennis das passende Beiwort durch den Kopf. Eine solche Eva in diesem umtriebigen hygienischen Paradies war *dekadent*.

Sie trug die weiße Tracht ihres Berufsstands. Sie kam ins Zimmer, setzte sich an den Tisch und hielt ihren Füllfederhalter mit der gleichen professionellen Selbstsicherheit wie ihre Vorgängerin, aber sie war genau das, was Dennis in einem einsamen Jahr des Exils vergeblich gesucht hatte.

Ihr Haar war dunkel und glatt, ihre Brauen dicht, ihre Haut

durchscheinend und nicht von der Sonne verfärbt. Zweifellos waren ihre Lippen geschminkt, aber nicht wie die ihrer Schwestern zugekleistert und in den zarten Poren mit knallroter Schmiere verklebt. Stattdessen schienen sie unermesslich lustvollen Austausch zu versprechen. Ihr weiches Gesicht war oval, das Profil rein, klassisch und zart und die Augen grünlich und unnahbar, mit einem glitzernden Schuss Wahnsinn darin.

Dennis hielt den Atem an. Als das Mädchen zu sprechen begann, klang es forsch und nüchtern.

»Woran ist Ihr Angehöriger gestorben?«

»Er hat sich erhängt.«

»War sein Gesicht sehr entstellt?«

»Entsetzlich.«

»Das ist ganz normal. Wahrscheinlich wird ihn Mr. Joyboy persönlich übernehmen. Es ist eine Frage des Fingerspitzengefühls, verstehen Sie, wenn man das angestaute Blut wegmassieren will. Mr. Joyboy hat wunderbare Hände.«

»Und was machen Sie?«

»Haare, Haut und Nägel, und ich gebe den Balsamierern genaue Hinweise bezüglich Ausdruck und Haltung. Haben Sie Fotos Ihres lieben Verstorbenen mitgebracht? Die sind sehr hilfreich, wenn man die Persönlichkeit rekonstruieren will. War er ein fröhlicher alter Herr?«

»Nein, eher im Gegenteil.«

»Soll ich gelassen-philosophisch oder kritisch-entschlossen eintragen?«

»Ich denke Ersteres.«

»Dieser Ausdruck ist am schwierigsten, aber er ist Mr. Joyboys Spezialität – dies und das Strahlende Lächeln bei

Kindern. Trug der Entschlafene eigenes Haar? Und die Gesichtsfarbe? Wir unterscheiden gewöhnlich ländlich, sportlich oder gebildet – das heißt, rot, braun oder weiß. Gebildet? Und Brille? Ein Monokel. Das ist immer kompliziert. Mr. Joyboy gibt dem Kopf gern eine leichte Neigung, damit es natürlicher wirkt. Und sobald das Fleisch erstarrt ist, halten Kneifer und Monokel nicht mehr so gut. Außerdem wirkt das Monokel weniger natürlich, wenn das Auge geschlossen ist. Wollen Sie es unbedingt haben?«

»Es war sehr typisch für ihn.«

»Wie Sie wünschen, Mr. Barlow. Natürlich *kann* Mr. Joyboy es anbringen.«

»Mir gefällt die Vorstellung, dass das Auge geschlossen ist.«

»Sehr gut. Ist der Verewigte mit Hilfe eines Seils dahingeschieden?«

»Mit Hosenträgern.«

»Die dürften kein Problem sein. Manchmal bleibt ein dauerhafter Strich zurück. Im letzten Monat hatten wir einen Verblichenen, der mit einem Elektrokabel von uns gegangen ist. Da konnte nicht einmal Mr. Joyboy etwas ausrichten. Wir mussten ihm ein Halstuch bis zum Kinn umbinden. Aber Hosenträger sollten kein Problem sein.«

»Sie haben große Hochachtung vor Mr. Joyboy, merke ich.«

»Er ist ein wahrer Künstler, Mr. Barlow. Mehr gibt es dazu nicht zu sagen.«

»Mögen Sie Ihre Arbeit?«

»Ich betrachte sie als sehr, sehr großes Privileg, Mr. Barlow.«

»Sind Sie schon lange dabei?«

Normalerweise dauerte es lange, bis die Bewohner der Vereinigten Staaten neugierige Fragen zu ihrem Beruf übelnahmen, das hatte Dennis schon festgestellt. Diese Kosmetikerin jedoch schien zwischen sich und ihren Gesprächspartner noch einen weiteren dichten Schleier zu ziehen.

»Achtzehn Monate«, sagte sie kurz angebunden. »Und damit bin ich schon fast am Ende mit meinen Fragen. Gibt es ein individuelles Merkmal, das sie gern dargestellt haben würden? Manchmal möchten die Hinterbliebenen zum Beispiel eine Pfeife im Mund ihres Angehörigen sehen. Oder soll er etwas in den Händen halten? Kindern geben wir normalerweise ein Spielzeug. Hatte der Verblichene eine besonders charakteristische Eigenschaft? Viele wünschen ein Musikinstrument. Eine Dame hat bei der Abschiedszeremonie einen Telefonhörer gehalten.«

»Nein, ich glaube, das wäre unpassend.«

»Nur Blumen? Ein Punkt noch – das Gebiss. Hat er es getragen, als er verschied?«

»Das weiß ich wirklich nicht.«

»Würden Sie versuchen, das herauszubekommen? Oft verschwindet es im Leichenschauhaus der Polizei, und das bedeutet dann für Mr. Joyboy eine Menge zusätzlicher Arbeit. Verewigte, die Hand an sich gelegt haben, taten dies in der Regel mit Gebiss.«

»Ich werde mich in seinem Zimmer umsehen, und wenn ich es nicht finde, melde ich es der Polizei.«

»Vielen Dank, Mr. Barlow. So, nun habe ich alle wichtigen Angaben beisammen. Es war mir ein Vergnügen, Ihre Bekanntschaft zu machen.«

»Wann sehe ich Sie wieder?«

»Übermorgen. Am besten kommen Sie ein wenig vor dem Abschied, um zu kontrollieren, ob alles Ihren Vorstellungen entspricht.«

»Nach wem soll ich fragen?«

»Sagen Sie einfach, die Kosmetikerin des Orchideenzimmers.«

»Kein Name?«

»Ein Name ist nicht nötig.«

Sie verließ ihn, und die in Vergessenheit geratene Bestattungsbetreuerin kehrte zurück.

»Mr. Barlow, der Friedhofswärter ist nun bereit, Sie zu der Grabstelle zu führen.«

Dennis erwachte aus tiefster Versunkenheit. »Oh, ich nehme sie unbesehen«, sagte er. »Offen gestanden habe ich für einen Tag genug besichtigt.«

# 4

Dennis bat für das Begräbnis und die Vorbereitungen um Urlaub von den Ewigen Jagdgründen und erhielt ihn. Mr. Schultz gewährte ihn nicht gern. Er konnte Dennis kaum entbehren. Immer mehr Automobile rollten von den Fließbändern, immer mehr Autofahrer erschienen auf den Straßen und immer mehr Tiere in der Leichenhalle, und obendrein gab es in Pasadena eine Nahrungsmittelvergiftung. Der Kühlschrank war gestopft voll, und die Krematoriumsöfen brannten von früh bis spät.

»Es ist eine wirklich wertvolle Erfahrung für mich, Mr. Schultz«, sagte Dennis in dem Versuch, die Schande seines Seitensprungs etwas abzumildern. »Ich bekomme Einblick in die Methoden der Elysischen Gefilde und sammle alle möglichen neuen Ideen, die wir auch hier einführen könnten.«

»Für was brauchen Sie neue Ideen?«, fragte Mr. Schultz. »Billigeren Brennstoff, niedrigere Gehälter und fleißigere Arbeiter, mehr Neuerungen brauch ich nicht. Schauen Sie, Mr. Barlow, was unsere Branche angeht, haben wir die gesamte Küste im Griff. Mit unserem hochwertigen Angebot sind wir die Einzigen zwischen San Francisco und der mexikanischen Grenze. Und kriegen wir vielleicht die Leute dazu, 5000 Dollar für die Bestattung eines Haustiers zu zahlen? Wie viele zahlen 500? Keine zwei im Monat. Was höre ich von den meisten Kunden? ›Verbrennen Sie ihn möglichst billig, Mr. Schultz, damit ihn nicht die Müllabfuhr abbekommt und ich mich schämen muss.‹ Oder es wird ein 50-Dollar-Grab inklusive Grabstein und Abholung. Seit dem Krieg gibt's keine Nachfrage mehr nach kostspieligen Extras, Mr. Barlow. Die Leute behaupten, dass sie ihre Tiere lieben, sie reden mit ihnen, als wären es Kinder, dann kommt so ein Städter in seinem neuen Wagen daher, die Tränen fließen in Strömen, und am Ende heißt es: ›Ein Grabstein, Mr. Schultz, muss das wirklich sein? Hat man das jetzt so?‹«

»Mr. Schultz, Sie sind eifersüchtig auf die Elysischen Gefilde.«

»Wie sollte ich nicht, wenn ich sehe, wie all die Moneten für Verwandte draufgehen, die den Leuten ihr Leben lang zuwider waren. Und die Haustiere, die sie geliebt haben, die ihnen beigestanden haben, die keine Fragen gestellt und sich nie beklagt haben, ob arm oder reich, krank oder gesund – die werden irgendwie eingebuddelt, wie irgendwelche x-beliebigen Viecher. Nehmen Sie Ihre drei Tage Urlaub, Mr. Barlow, aber erwarten Sie nicht, dass ich Ihnen die bezahle, bloß weil Sie auf irgendwelche ausgefallenen Ideen kommen wollen.«

Der Gerichtsmediziner machte keine Schwierigkeiten. Dennis sagte als Zeuge aus, der Leichenwagen der Elysischen Gefilde fuhr mit den sterblichen Überresten davon, und Sir Ambrose hielt in seiner verbindlichen Art die Presse in Schach. Außerdem plante Sir Ambrose mit Hilfe anderer prominenter Engländer den Ablauf der Trauerfeier. In Hollywood ist die Liturgie eher eine Sache der Regie als des Klerus. Alle Mitglieder des Cricketclubs wollten eine Rolle übernehmen.

»Man sollte aus Franks Werken vorlesen«, sagte Sir Ambrose. »Ich bin allerdings nicht sicher, ob ich gerade ein Exemplar greifbar habe, solche Dinge pflegen auf geheimnisvolle Weise zu verschwinden, wenn man umzieht. Barlow, Sie sind doch ein Dichterling. Sie finden bestimmt eine geeignete Passage. Ich schlage vor, etwas, das uns das Wesen dieses Mannes, wie wir ihn kannten, nahebringt – seine Liebe zur Natur, seine Fairness, verstehen Sie?«

»Hat Frank denn die Natur geliebt, war er besonders fair?«

»Das kann doch gar nicht anders sein. Großer Literat und so, vom König zum Ritter geschlagen ...«

»Ich kann mich nicht erinnern, eins seiner Bücher bei ihm zu Hause gesehen zu haben.«

»Dann suchen Sie, Barlow. Nur einen kleinen privaten Schnipsel. Wenn nötig, schreiben Sie selbst etwas. Sie kennen doch seinen Stil. Und was mir noch in den Sinn gekommen ist – Sie sind doch ein Dichter. Meinen Sie nicht, es wäre angebracht, irgendwas über den alten Frank zu schreiben? Etwas, das ich am Grab vorlesen kann. Im Grunde sind Sie ihm das verdammt noch mal schuldig – und uns auch. Es ist nicht zu viel verlangt. Wir schuften alle wie die Esel.«

»Wie die Esel« war genau der richtige Ausdruck, dachte Dennis, als er zusah, wie die Mitglieder des Cricketclubs die Einladungsliste erstellten. Die Meinungen zu diesem Thema waren gespalten. Ein Teil plädierte dafür, den Kreis der Geladenen klein und britisch zu halten, die von Sir Ambrose angeführte Mehrheit hingegen wollte alle Größen der Filmindustrie dabeihaben. Es habe keinen Sinn, erklärte er, die britische Flagge hochzuhalten, wenn sie niemand sehe außer dem armen, alten Frank. Von Anfang an war klar, wer siegen würde. Sir Ambrose hatte die schweren Waffen auf seiner Seite. Und so wurden Karten in riesigen Mengen gedruckt.

Unterdessen suchte Dennis nach Spuren von Sir Francis' »Werken«. Es gab nur wenige Bücher im Bungalow, und diese gehörten fast alle Dennis. Sir Francis hatte mit dem Schreiben aufgehört, noch ehe Dennis das Lesen gelernt hatte. Dennis hatte keine Erinnerung an die schönen Büchlein, die erschienen waren, als er noch in der Wiege lag, Bücher mit gemustertem Pappdeckeleinband und Titeletikett, die häufig eine kleine Kritzelei von Lovat Fraser auf der Titelseite zeigten, allesamt Früchte eines frivolen, aber aktiven Geistes – Biographie, Reise, Kritik, Dichtung, Drama, mit einem Wort: Belletristik. Das ehrgeizigste Buch war *Ein freier Mensch begrüßt das Morgenrot*, zur Hälfte autobiographisch, zu einem Viertel politisch und zum anderen mystisch, ein Werk, das Anfang der zwanziger Jahre sofort die Herzen aller Abonnenten der Boots-Bibliothek gewann und Sir Francis den Ritterschlag einbrachte. *Ein freier Mensch begrüßt das Morgenrot* war mittlerweile seit vielen Jahren vergriffen, all seine schönen Sätze unbeachtet und vergessen.

Als Dennis Sir Francis in den Megalopolitan Studios kennenlernte, war der Name Hinsley noch nicht ganz in Vergessenheit geraten. In *Gedichte von heute* war ein Sonett von ihm abgedruckt. Hätte man Dennis gefragt, so hätte dieser vermutet, er sei in der Schlacht von Gallipoli gefallen. Es war nicht verwunderlich, dass Dennis keines seiner Werke besaß. Und wer Sir Francis kannte, wunderte sich auch nicht, dass nicht mal er selbst eins besaß. Bis an sein Lebensende war er der uneitelste unter allen Literaten und folglich am schnellsten vergessen.

Dennis suchte lange erfolglos und erwog schon einen verzweifelten Ausfall Richtung Stadtbibliothek, als er auf ein altes, fleckiges Exemplar des *Apollo* stieß, das Sir Francis, weiß der Himmel warum, in seiner Taschentuchschublade aufbewahrt hatte. Der blaue Einband war zu Grau verblasst, das Erscheinungsdatum Februar 1920. Es enthielt hauptsächlich Lyrik von Frauen, von denen die meisten heute wahrscheinlich Großmütter waren. Vielleicht erklärte eines dieser leidenschaftlichen Gedichte, warum die Zeitschrift so viele Jahre an einer so entlegenen Stelle aufbewahrt worden war? Doch dann fand Dennis am Ende eine mit F. H. unterzeichnete Buchbesprechung. Es ging um eine Dichterin, deren Sonette weiter vorn im Heft abgedruckt waren. Ihr Name war vergessen, aber vielleicht, überlegte Dennis, fand sich hier etwas »aus seines Herzens Grunde«, etwas, das sein langes Exil erklärte, und jedenfalls den Ausflug in die Stadtbücherei unnötig machte. »Dieses schmale Bändchen lässt eine leidenschaftliche, nachdenkliche, außerordentliche Begabung erahnen …« Dennis schnitt die Rezension aus und schickte sie Sir Ambrose. Dann machte er sich an sein eigenes Gedicht.

Im zweiten Stock war es jählings vorbei mit der gebeizten Eiche, dem Chintz, dem schwammweichen Teppich und dem georgianischen Treppenhaus. Dort oben befand sich eine Abteilung, in die kein Laie vordrang. Man erreichte sie mit einem Lift, einem offenen, zweckmäßigen Käfig von acht Fuß im Quadrat. In diesem obersten Geschoss gab es nur Fliesen, Porzellan, Linoleum und Chrom. Hier befanden sich die Einbalsamierungsräume mit ihren schrägen porzellanenen Seziertischen, den Hähnen, Rohren und Druckpumpen, den tiefen Abflussrinnen und dem intensiven Geruch nach Formaldehyd. Dahinter lagen die Kosmetikräume, in denen es nach Shampoo, erhitztem Haar, Azeton und Lavendel roch.

Ein Gehilfe schob die Bahre in Aimées Kabine. Darauf lag eine Gestalt unter einem Leintuch. Mr. Joyboy ging nebenher.

»Guten Morgen, Miss Thanatogenos.«

»Guten Morgen, Mr. Joyboy.«

»Hier ist der erdrosselte Verewigte für das Orchideenzimmer.«

Mr. Joyboy war der Inbegriff hochprofessionellen Benehmens. Ehe er kam, waren die Ansprüche an Anstand und Würde immer tiefer gesunken, je höher man im Haus hinaufstieg. In den Arbeitsräumen oben war die Rede von »Leichen« und »Kadavern«; ein übermütiger junger Balsamierer aus Texas hatte sogar von »Fleisch« gesprochen. Dieser junge Mann musste schon in der ersten Woche nach Mr. Joyboys Amtsantritt als Chefbestatter gehen, und das geschah einen Monat nach Aimée Thanatogenos' Einstellung als zweiter Kosmetikerin in den Elysischen Gefilden. Sie entsann sich noch der schlimmen alten Zeiten vor Mr. Joyboys Ankunft und vermerkte dankbar und anerkennend die gelassene Ruhe, die ihn von Natur aus zu umgeben schien.

Nach Maßstäben der Filmstudios war Mr. Joyboy kein gutaussehender Mann. Er war groß, aber unsportlich. Kopf und Körper hatten keine rechte Form und Farbe, er hatte nur spärliche Brauen und unsichtbare Wimpern, die Augen hinter dem Kneifer waren rötlichgrau, das Haar zwar ordentlich und parfümiert, aber dünn, die Hände fleischig. Das Vorteilhafteste an ihm waren vielleicht seine Zähne, und auch die wirkten, wenngleich weiß und regelmäßig, etwas zu groß für ihn. Er hatte leichte Plattfüße und einen mehr als leichten Schmerbauch. Doch diese körperlichen Mängel waren belanglos angesichts seines moralischen Ernsts und des bezwingenden Zaubers seiner leisen, volltönenden Stimme. Sie klang, als wäre irgendwo in seinem Inneren ein Verstärker verborgen, und als kämen seine Worte aus einem fernen, weihevollen Studio. Alles, was er sagte, war für die beste Sendezeit geeignet.

Dr. Kenworthy kaufte stets nur das Beste ein, und Mr. Joyboy kam mit hervorragenden Zeugnissen in die Elysischen Gefilde. Er hatte sein Einbalsamierungsdiplom im Mittleren Westen gemacht und vor seiner Einstellung in den Elysischen Gefilden zum Personal der Bestattungsfakultät an einer berühmten Universität im Osten gehört. Er war auf zwei nationalen Bestatterkongressen als Tagungsrepräsentant eingesetzt worden. Er hatte als ehrenamtlicher Abgesandter eine Reise zu den Bestattern Lateinamerikas geleitet. Im *Time Magazine* war sein Foto erschienen, wenn auch mit einer leicht anzüglichen Bildunterschrift.

Vor seiner Ankunft ging im Einbalsamierungsraum das

Gerücht um, Mr. Joyboy sei ein bloßer Theoretiker. Es verstummte schon am ersten Vormittag. Man musste ihn nur an einer Leiche sehen, um Respekt für ihn zu empfinden. Es war wie bei der Jagd, wenn ein Neuer zur Jagdgesellschaft stößt und in dem Augenblick, wo er im Sattel sitzt, noch ehe die Hunde von den Leinen gelassen sind, unmissverständlich zeigt, dass er ein geübter Reiter ist. Mr. Joyboy war unverheiratet, und alle Mädchen in den Elysischen Gefilden schwärmten für ihn.

Aimée wusste, dass ihre Stimme einen besonderen Ton annahm, wenn sie mit ihm sprach. »War er ein sehr schwieriger Fall, Mr. Joyboy?«

»Nun ja, ein klein wenig, aber ich glaube, es ist ganz gut geworden.«

Er zog das Leintuch zurück und enthüllte den Leichnam von Sir Francis, der, abgesehen von einer neuen weißen Leinenunterhose, nackt dalag. Er war bleich und leicht milchig durchscheinend, wie verwitterter Marmor.

»Oh, Mr. Joyboy, er ist wunderschön.«

»Ja, ich denke, er hat sich ganz gut gemacht.« Er zwickte ihn leicht in den Oberschenkel, wie ein Geflügelhändler. Dann hob er einen der Arme an und winkelte behutsam das Handgelenk ab. »Beweglich. Wir haben schätzungsweise noch zwei, drei Stunden, bevor er sich in Positur werfen muss. Der Kopf sollte etwas geneigt werden, damit die Naht an der Halsschlagader im Schatten liegt. Der Schädel ist sehr gut getrocknet.«

»Aber Sie haben ihm das Strahlende Lächeln der Kindheit gegeben, Mr. Joyboy.«

»Ja, gefällt es Ihnen nicht?«

»Oh, natürlich gefällt es mir, aber der Hinterbliebene hat nicht darum gebeten.«

»Miss Thanatogenos, für Sie lächeln alle Verewigten einfach von Natur aus.«

»Oh, Mr. Joyboy.«

»Es ist schon so, Miss Thanatogenos. Ich kann es offenbar nicht verhindern. Wenn ich für Sie arbeite, sagt etwas in meinem Inneren: ›Er ist auf dem Weg zu Miss Thanatogenos‹, und dann scheinen meine Finger die Kontrolle zu übernehmen. Ist Ihnen das noch nicht aufgefallen?«

»Doch, Mr. Joyboy, vorige Woche habe ich es gemerkt und gedacht: ›In letzter Zeit hat jeder Verblichene, der von Mr. Joyboy kommt, so ein wunderschönes Lächeln.‹«

»Alles nur für Sie, Miss Thanatogenos.«

Hier oben wurde keine Musik gespielt. Das betriebsame Geschoss hallte wider vom Zischen und Gurgeln der Wasserhähne in den Balsamierungsräumen und dem Brummen der Trockenhauben in den Kosmetikkabinen. Aimée arbeitete wie eine Nonne, aufmerksam, gelassen, systematisch; zuerst die Haarwäsche, dann die Rasur, dann die Maniküre. Sie scheitelte das weiße Haar, schäumte die gummiartigen Wangen ein und schabte mit dem Rasiermesser darüber; sie schnitt die Nägel und überprüfte die Nagelhaut. Dann zog sie den Rolltisch mit den Farben, Pinseln und Cremes heran und konzentrierte sich mit angehaltenem Atem auf den kritischen Teil ihrer Kunst.

Innerhalb von zwei Stunden war die Hauptarbeit getan. Kopf, Hals und Hände hatten Farbe angenommen. Im blendenden Licht des Kosmetikraums wirkten sie etwas zu grell, etwas zu derb patiniert, aber das *oeuvre* war ja für den bernsteingelben Schimmer des Schlummerraums und den von Buntglasfenstern erhellten Altarraum gedacht. Sie tupfte noch ein paar bläuliche Pünktchen um die Augenlider weg und trat zufrieden zurück. Mr. Joyboy war auf leisen Sohlen zu ihr gekommen und blickte auf ihr Werk hernieder.

»Wunderhübsch, Miss Thanatogenos«, sagte er. »Ich kann mich immer darauf verlassen, dass Sie meine Absicht erkennen und in die Tat umsetzen. Hatten Sie Schwierigkeiten mit dem rechten Lid?«

»Nur ein wenig.«

»Es wollte sich im inneren Augenwinkel immer wieder öffnen?«

»Ja, aber ich habe ein wenig Creme unter das Lid gestrichen und es dann mit Nr. 6 fixiert.«

»Hervorragend. Ihnen muss ich nie etwas erklären. Wir arbeiten in stillschweigendem Einverständnis. Wenn ich Ihnen einen Verblichenen schicke, Miss Thanatogenos, habe ich das Gefühl, als würde ich durch ihn mit Ihnen sprechen. Spüren Sie das überhaupt?«

»Ich bin immer besonders stolz und sorgfältig, wenn es einer der Ihren ist, Mr. Joyboy.«

»Den Eindruck habe ich auch, Miss Thanatogenos, meine Teuerste.«

Mr. Joyboy seufzte. Ein Träger meldete sich: »Es kommen gerade zwei frische Verewigte hoch, Mr. Joyboy. Für wen sind die?« Wieder seufzte Mr. Joyboy und wandte sich den geschäftlichen Dingen zu.

»Mr. Vogel, sind Sie für den Nächsten frei?«

»Ja, Mr. Joyboy.«

»Das eine ist ein kleines Mädchen«, sagte der Träger. »Übernehmen Sie das selbst?«

»Ja, wie immer. Handelt es sich um Mutter und Kind?«

Der Gehilfe warf einen Blick auf die Etiketten an den Handgelenken. »Nein, Mr. Joyboy, nicht verwandt.«

»Gut, Mr. Vogel, übernehmen Sie den Erwachsenen? Wenn es Mutter und Kind gewesen wären, hätte ich beide gemacht, obwohl ich viel zu tun habe. Jede Arbeit hat ihre persönliche Handschrift – vielleicht merkt das nicht jedermann, aber wenn ich ein Paar sehe, das von zwei unterschiedlichen Personen einbalsamiert wurde, erkenne ich das sofort. Dann habe ich das Gefühl, dass das Kind nicht wirklich zu seiner Mutter gehört, als hätte der Tod sie einander entfremdet. Vielleicht wirkt das schrullig?«

»Sie lieben Kinder, nicht wahr, Mr. Joyboy?«

»Ja, Miss Thanatogenos. Ich versuche, keine Unterschiede zu machen, aber ich bin auch nur ein Mensch. In der Unschuld eines Kindes liegt etwas, das mich über mich hinauswachsen lässt. Es ist manchmal, als würde ich von außen beseelt, von etwas Höherem … aber ich darf mich jetzt nicht in meinem Lieblingsthema verlieren. An die Arbeit!«

Nun kamen die Ausstatter und legten Sir Francis geschickt das Leichenhemd an. Dann hoben sie ihn hoch – er erstarrte allmählich – und betteten ihn in den Sarg.

Aimée ging zu dem Vorhang, der die Balsamierungsräume von den Kosmetikräumen trennte, und rief einen Gehilfen zu sich.

»Würden Sie Mr. Joyboy ausrichten, dass mein Verblichener zum Positionieren bereitliegt? Ich denke, er sollte gleich kommen. Er wird schon starr.«

Mr. Joyboy drehte einen Hahn zu und trat zu Sir Francis Hinsley. Er hob dessen Arme an und schob die Hände zusammen, nicht wie zum Gebet gefaltet, sondern ergeben aufeinandergelegt. Er hob den Kopf, rückte das Kissen zurecht und drehte den Hals so, dass das Gesicht im Dreiviertelprofil zu sehen war. Dann trat er zurück, betrachtete sein Werk, beugte sich wieder vor und stupste das Kinn noch ein wenig an.

»Perfekt«, sagte er. »An einigen Stellen ist er durchs Einsargen ein bisschen abgeschabt. Tupfen Sie einfach noch mal ganz leicht mit dem Pinsel drüber.«

»Ja, Mr. Joyboy.«

Mr. Joyboy zögerte einen Moment, dann wandte er sich ab.

»Und jetzt wieder zu meinem Kind.«

# 5

Die Bestattung war für Donnerstag anberaumt, und als Termin für den Abschied im Schlummerraum hatte man den Mittwochnachmittag festgelegt. Am Vormittag kam Dennis in die Elysischen Gefilde, um nachzusehen, ob alles in Ordnung war.

Er wurde geradewegs ins Orchideenzimmer geführt. Es waren Unmengen von Blumen angeliefert worden, die meisten aus dem Laden unten und größtenteils in ihrer »natürlichen Schönheit«. (Das prächtige Gedenkzeichen des Cricketclubs in Form von gekreuzten Schlägern und Wickets war erst nach Rücksprache zugelassen worden. Dr. Kenworthy hatte es persönlich genehmigt. Das Ehrenzeichen erinnerte an das Leben, nicht an den Tod, das hatte den Ausschlag gegeben.) Der Vorraum stand so voller Blumen, dass man keine Möbel oder sonstigen Zierrat mehr sah. Eine Flügeltür führte in den eigentlichen Schlummerraum.

Auf dem Türknauf zögerten Dennis' Finger, er spürte, dass auf der anderen Seite des Türblatts ebenfalls eine Hand lag. So waren sich schon in Hunderten von Romanen Liebende begegnet. Die Tür öffnete sich, und direkt vor ihm stand Aimée Thanatogenos. Hinter ihr weitere Blumen, noch viel mehr Blumen, und um sie herum ein schwerer Treibhausduft und die leisen Stimmen eines Chors, der von der

Stuckleiste herab geistliche Musik zu Gehör brachte. Als sich ihre Blicke trafen, hob eine ergreifend liebliche Sopranstimme an: »O könnt ich fliegen wie Tauben dahin!«

Kein Hauch bewegte die verwunschene Ruhe der beiden Räume. Die Bleiglasfenster waren fest zugeschraubt. Die Luft kam wie die Stimme des Knaben von weit her, steril und umgewandelt. Es war um ein weniges kühler als in amerikanischen Wohnhäusern üblich. Die Räume wirkten abgeschottet und unnatürlich still, wie ein Eisenbahnwaggon, der nachts auf freier Strecke hält.

»Kommen Sie herein, Mr. Barlow.«

Aimée trat beiseite, und jetzt sah Dennis, dass das Zimmer von einer riesigen Kumuluswolke aus Blumen fast ausgefüllt war. Dennis war zu jung, um jemals einen Wintergarten aus der Zeit Edwards VII. in seiner ganzen Pracht erblickt zu haben, aber er kannte die Literatur dieser Zeit und hatte ein solches Bild in seiner Phantasie gesehen. Es war alles da, sogar die paarweise aufgestellten vergoldeten Stühle für den förmlichen, juwelenumglitzerten Verlobungskuss.

Es gab keinen Katafalk. Der Sarg stand ein paar Zoll erhöht auf einem Podest, das sich hinter Blumenschmuck versteckte. Der Deckel war zur Hälfte aufgeklappt und Sir Francis von der Taille an aufwärts zu sehen. Dennis musste an den wächsernen Marat in der Badewanne denken.

Das Leichenhemd war bewundernswert angepasst worden. Im Knopfloch steckte eine frische Gardenie und eine zweite zwischen den Fingern. Das Haar war schneeweiß und von der Stirn bis zur Schädelmitte in einer geraden Linie gescheitelt, so dass die Kopfhaut darunter sichtbar wurde, farblos und glatt, als hätte man die Haut nach unten gerollt und schon den blanken Schädel bloßgelegt. Der Goldrand des Monokels umrahmte ein sanft getöntes Augenlid.

Die völlige Stille war bestürzender als jede Gewalttat. Der Körper wirkte jetzt, da ihm sozusagen das dicke Fell der Beweglichkeit und Intelligenz abgezogen worden war, viel kleiner als im Leben. Und das Gesicht, das ihm die blinden Augen zuwandte – das Gesicht war ganz und gar entsetzlich, alterslos wie das einer Schildkröte und ebenso unmenschlich. Ein bemaltes, grinsendes, obszönes Zerrbild, mit dem verglichen die Teufelsfratze, die Dennis in der Schlinge gefunden hatte, ein lustiger Festschmuck gewesen war, wie ihn etwa ein Onkel an einem ausgelassenen Weihnachtsabend aufsetzen mochte.

Aimée stand neben ihrem Werk wie ein Maler auf seiner Vernissage und hörte, wie Dennis plötzlich ergriffen Atem holte.

»Ist es so, wie Sie es sich erhofft haben?«, fragte sie.

»Mehr als das.« Und dann: »Ist er schon steif?«

»Starr.«

»Darf ich ihn berühren?«

»Bitte nicht. Das hinterlässt Flecken.«

»Gut.«

Und damit überließ sie ihn gemäß dem Zeremoniell des Hauses seinen Gedanken.

Später herrschte im Orchideenschlummerraum ein lebhaftes Kommen und Gehen; eine Sekretärin der Elysischen Gefilde saß im Vorraum und notierte die Namen der Besucher. Noch waren keine Berühmtheiten dabei. Die Stars, die Produzenten, die Chefs würden erst morgen zur Beerdigung kommen. An diesem Nachmittag ließen sie sich durch die zweite Garnitur vertreten. Es war wie auf einem Polterabend, wo nur die engen Freunde, die Müßiggänger und die unwichtigen Leute kommen und die Hochzeitsgeschenke besichtigen. Haufenweise Speichellecker. Der Mensch denkt, Gott lenkt. Diese faden, feisten Herren zeigten ihr endgültiges, bleibendes Einverständnis mit dieser Regelung, indem sie der blinden Maske des Todes zunickten.

Sir Ambrose kam kurz vorbei.

»Alles bereit für morgen, Barlow? Vergessen Sie Ihre Ode nicht. Ich möchte sie mindestens eine Stunde vorher haben, damit ich sie vor dem Spiegel durchgehen kann. Wie sieht's damit aus?«

»Ich glaube, ganz gut.«

»Ich werde sie am Grab vortragen. In der Kirche wird nur aus dem Werk vorgelesen, und Juanita singt *The Wearing of the Green*. Es ist das einzige irische Lied, das sie bisher gelernt hat. Komisch, bei ihr klingt es wie Flamenco. Haben Sie die Sitzordnung für die Kirche schon fertig?«

»Noch nicht.«

»Der Cricketclub wird natürlich zusammensitzen. Megalopolitan braucht die ersten vier Reihen. Erikson kommt wahrscheinlich persönlich. Aber all das kann ich ja Ihnen überlassen, nicht wahr?« Als er die Leichenhalle verließ, sagte er: »Der junge Barlow tut mir leid. Das Ganze muss ihm schrecklich nahegehen. Wichtig ist jetzt, dass man ihm viel zu tun gibt.«

Gleich danach fuhr Dennis zur University Church. Das war ein kleiner, steinerner Bau, dessen rechteckiger Turm auf dem Gipfel eines Hügelchens zwischen minderjährigen

Steineichen emporragte. Im Portal befand sich ein Apparat, aus dem sich auf Wunsch per Knopfdruck ein Vortrag über die Besonderheiten dieser Stätte abrufen ließ. Dennis blieb stehen und hörte zu.

Die Stimme war ihm aus vielen Reisefilmen vertraut: »Sie stehen in der Kirche St. Peter-without-the-walls, Oxford, einem von Englands ältesten und ehrwürdigsten Gotteshäusern. Generationen von Studenten aus aller Welt sind hierhergekommen, um die Träume der Jugend zu träumen. Hier malten sich noch unbekannte Wissenschaftler und Staatsmänner ihre künftigen Triumphe aus. Hier plante Shelley seine Laufbahn als großer Dichter. Von hier aus machten sich junge Männer hoffnungsvoll auf den Weg zu Erfolg und Glück. Es ist ein Symbol für die Seele des Verewigten, der von hier aus zur größten Erfolgsgeschichte aller Zeiten aufbricht. Zu dem Erfolg, der uns alle erwartet, mag unser irdisches Leben noch so kläglich gewesen sein.

Dies ist mehr als ein Nachbau, es ist eine Rekonstruktion. Noch einmal wurde errichtet, was die alten Handwerker mit den primitiven Gerätschaften vergangener Zeiten zu schaffen versuchten. Die Zeit hat dem herrlichen Original übel mitgespielt. Hier sehen Sie es, wie die alten Baumeister es sich vor langer Zeit erträumt haben.

Sie werden feststellen, dass die Seitenschiffe nur aus Glas und Edelstahl bestehen. Zu dieser wunderschönen Besonderheit gibt es auch eine wunderschöne Anekdote. 1935 war Dr. Kenworthy in Europa und suchte in dieser Schatzkammer der Künste nach etwas, das der Elysischen Gefilde würdig wäre. Seine Reise führte ihn nach Oxford und in die berühmte normannische Kirche St. Peter. Doch die war dunkel und mit den üblichen betrüblichen Gedenksteinen erfüllt. ›Warum heißt sie St. Peter-without-the-walls?‹, fragte Dr. Kenworthy und erfuhr, dass die Kirche früher außerhalb der Stadtmauer gestanden habe. ›Meine Kirche‹, sagte Dr. Kenworthy, ›soll alles haben außer Mauern.‹ Und so sehen Sie die Kirche heute erfüllt von Gottes Sonnenschein und frischer Luft, von Vogelgezwitscher und Blumen …«

Dennis lauschte den salbungsvollen Worten, die so oft parodiert wurden und doch niemals absurder oder hypnotischer klangen als das Original. Sein Interesse war nicht mehr rein technischer oder satirischer Natur. Er war den Elysischen Gefilden verfallen. In diesem Niemandsland geistiger Ungewissheit, das nur der Künstler zu betreten wagt, schienen ihn die Schatten schon zu erwarten. Dennis, der Grenzbewohner, konnte die Zeichen lesen.

Die Stimme verstummte und begann nach einer Pause erneut: »Sie stehen in der Kirche St. Peter-without-the-walls …« Dennis schaltete das Gerät ab, kehrte ins Reich der Lebenden zurück und machte sich an seine prosaische Aufgabe.

Das Sekretariat hatte ihn mit maschinengeschriebenen Namenskärtchen versorgt. Er musste sie einfach nur auf den Bänken verteilen. Unter der Orgel hatte man eine private Kirchenbank durch ein eisernes Gitter und einen hauchdünnen Vorhang vom Kirchenschiff abgetrennt. Hier saß die trauernde Familie, falls gewünscht der Welt entrückt und vor neugierigen Blicken verborgen. Diesen Bereich reservierte Dennis für die Klatschreporter der Lokalpresse.

In einer halben Stunde war die Arbeit getan, und er ging

hinaus in den Garten, der genauso hell, blühend und von Vogelgesang erfüllt war wie die normannische Kirche.

Die Ode lag ihm schwer auf der Seele. Er hatte noch kein Wort geschrieben, und der schwüle, duftende Nachmittag war der Arbeit nicht gerade förderlich. Auch rief ihn noch eine andere Stimme zaghaft, aber hartnäckig zu einer Aufgabe, die anstrengender war als Frank Hinsleys Trauerfeierlichkeiten. Er ließ seinen Wagen am Friedhofstor stehen und folgte einem Kiesweg hangabwärts. Die Gräber waren kaum sichtbar, nur durch kleine Bronzetafeln gekennzeichnet, die vielfach schon so grün waren wie der Rasen ringsum. Überall sprudelte Wasser aus einem unterirdischen Leitungsnetz und schuf glitzernde, hüfthohe Regentropfenmanschetten, aus deren Mitte jede Menge Bronze- oder Marmorstatuen hervorragten, allegorische, kindliche oder erotische. Hier suchte ein bärtiger Magier in den dunklen Tiefen eines Gebildes, das aussah wie ein Gipsfußball, die Zukunft zu ergründen, dort drückte ein Kleinkind eine marmorne Mickymaus an seine steinerne Brust. Hinter einer Kurve stand plötzlich eine nackte, mit Bändern gefesselte Andromeda und blickte auf ihren glatten Arm hinab, auf dem sich ein marmorner Schmetterling niedergelassen hatte. Und die ganze Zeit war Dennis' literarischer Spürsinn hellwach wie ein Jagdhund. Die Elysischen Gefilde hatten etwas, das er unbedingt brauchte und das nur er ausfindig machen konnte.

Schließlich gelangte er an das Ufer eines Sees voller Seerosen und Wasservögel. Auf einem Schild war zu lesen: »Hier Karten für das Eiland Innisfree«, und an einem roh gezimmerten Bootssteg standen drei junge Paare. Er kaufte eine Karte.

»Nur eine?«, fragte die Dame am Schalter.

Die jungen Paare waren genauso in Gedanken versunken wie er, jedes eingehüllt in ein geradezu sichtbares Miasma aus jugendlicher Liebe. Dennis stand unbeachtet da, bis sich schließlich vom gegenüberliegenden Gestade eine elektrische Barkasse löste und geräuschlos die Anlegestelle erreichte. Alle stiegen ein, und nach einer kurzen Überfahrt stahlen sich die Paare in die Gärten davon. Dennis blieb unentschlossen am Ufer stehen.

Der Bootsmann fragte: »Erwartest du jemand, Kumpel?«

»Nein.«

»Den ganzen Nachmittag war keine einzige Frau alleine hier. Das hätte ich nämlich gemerkt. In der Regel kommen Paare her. Hin und wieder hat ein Bursche hier eine Verabredung, und meistens kreuzt die Frau dann nicht auf. Besser, man besorgt sich erst die Frau und dann das Ticket, find ich.«

»Nein«, antwortete Dennis, »ich bin nur gekommen, um ein Gedicht zu schreiben. Ist das hier ein guter Ort dafür?«

»Weiß ich nicht, Kumpel. Ich hab noch nie ein Gedicht geschrieben. Aber sie haben es recht poetisch hergerichtet. Es ist nach einem ganz berühmten Gedicht benannt. Und es gibt sogar Bienenkörbe. Früher hatten sie auch Bienen, aber die Leute wurden immer gestochen, deshalb erledigt man das jetzt mit einer schlauen Maschine. Kein roter Po mehr und jede Menge Poesie.

Ist jedenfalls ein poetischer Platz zum Eingebuddeltwerden. Kostet um die 1000 Dollar. Der poetischste Platz in dem ganzen verdammten Park. Ich war schon da, wie sie ihn angelegt haben. Eigentlich haben sie hier mit den Iren gerechnet, aber die Iren sind scheint's selbst schon poetisch genug und wollen für so was Angepflanztes nicht so viel zahlen. Außerdem haben die ihren eigenen kümmerlichen Friedhof in der Stadt drin, sind ja Katholiken. Wir haben hier vor allem vornehme Juden. Die schätzen die Abgeschiedenheit. Das Wasser hält nämlich die Tiere ab. Tiere sind eine Plage auf Friedhöfen. In einem Jahrbuch hat Dr. Kenworthy mal einen Witz darüber gemacht. Die meisten Friedhöfe, hat er geschrieben, sind Hundeklos und Katzenhotels. Ganz schön gepfeffert, was? Dr. Kenworthy ist ein Pfundskerl, das merkt man im Jahrbuch.

Auf der Insel hat man mit Hunden und Katzen keine Probleme. Bei uns sind es die Weibsbilder. Jede Menge Weibsbilder und Burschen, die zum Knutschen herkommen. Wahrscheinlich schätzen die auch die Abgeschiedenheit, wie die Katzen.«

Während er sprach, waren junge Leute aus dem Gebüsch aufgetaucht und warteten darauf, an Bord gehen zu dürfen; selbstvergessene Paolos und Francescas, die in einer Aureole aus Liebe aus der Unterwelt zurückkehrten. Ein Mädchen produzierte Kaugummiblasen wie ein brünstiges Kamel, aber ihre Augen waren weit offen und weich in seligem Erinnern.

Im Gegensatz zu der Weitläufigkeit des umliegenden Parks war die Insel gemütlich. Ein Saum aus Sträuchern schützte ihre Ufer fast lückenlos vor Einblicken. Rasenwege zogen sich zwischen grünen Baumgruppen dahin, führten zu eingefriedeten Gräberlichtungen und mündeten in einen zentralen Platz, wo neben einer Hütte aus Flechtwerk neun Reihen Bohnen wuchsen (die dank systematischer, kluger

Umpflanzung ständig scharlachrot blühten) und einige Bienenkörbe standen. Hier hörte sich das Bienengesumm wie ein Dynamo an, aber auf den weiter entfernten Teilen der Insel klang es wie sanftes Gebrumm, das von dem echten Ton kaum zu unterscheiden war.

Die Gräber rings um das Bienenhaus waren die teuersten im ganzen Park, aber keineswegs spektakulärer als die anderen. Schlichte, in den Rasen eingelassene Bronzeplatten trugen die erlauchtesten Namen aus der Geschäftswelt von Los Angeles. Dennis warf einen Blick in die Hütte, zog sich aber sofort mit einer Entschuldigung zurück, weil er die Insassen gestört hatte. Er schaute in die Bienenkörbe und sah in deren Tiefe jeweils ein winziges rotes Auge, welches anzeigte, dass der Geräuschapparat einwandfrei funktionierte.

Es war ein warmer Nachmittag; keine Brise bewegte die immergrünen Pflanzen. Langsam senkte sich Frieden auf alles – zu langsam für Dennis.

Er schlug einen Seitenweg ein und landete bald in einer kleinen, grünen Sackgasse, der Familiengrabstätte eines bedeutenden Obstgroßhändlers, wie er der Bronzeplatte entnahm. *Kaisers kernlose Pfirsiche* präsentierten ihre rosigen, flaumigen Wangen im Schaufenster eines jeden Obst- und Gemüsehändlers im Land. Und Kaisers Radiostunde brachte Richard Wagner in jede Küche. Es lagen bereits zwei Kaisers hier, Ehefrau und Tante. Wenn einst seine Zeit gekommen war, würde auch Kaiser persönlich hier ruhen. Ein Riesenrhabarber hielt seine Blätter wie ein breites Schutzdach über die Stätte. In seinem dichten Schatten legte sich Dennis nieder. Auf diese Entfernung klang das Bienenhaus fast echt. Frieden senkte sich herab, jetzt schon etwas zügiger.

Er hatte Bleistift und Notizbuch mitgebracht. Die Gedichte, die ihm Ruhm und sein derzeitiges seltsames Schicksal eingebracht hatten, waren nicht auf diese Weise entstanden. Die hatten während des Krieges auf eiskalten Eisenbahnfahrten Form angenommen – die Gepäcknetze vollgestopft mit Ausrüstung, gedämpftes Licht auf einem Dutzend Knie, die Gesichter darüber unsichtbar, Zigarettenrauch vermischt mit kaltem Atem, und wenn der Zug ohne Ankündigung hielt, waren die Bahnhöfe ebenso dunkel wie die leeren Fußwege. Er hatte die Verse in Nissenhütten geschrieben und an Frühlingsabenden, auf einer kahlen Heide, eine Meile vom Flugplatz entfernt, und auf den Metallbänken der Transportflugzeuge. Eines Tages würde er schreiben, was geschrieben werden musste, aber nicht unter diesen Umständen; der Geist, der seine geheimnisvollen Forderungen mittlerweile schon kraftloser stellte, würde nicht an diesem Ort zufriedengestellt werden. Dieser glühend heiße Nachmittag eignete sich eher zum Erinnern als zum Dichten. Verse aus Anthologien zogen leise durch seinen Kopf.

Er schrieb:

*Begrabt den großen Ritter,*
*Ihr Studios, sagt ade!*
*Begrabt den großen Ritter,*
*Es war sein letzter Dreh.*

Und:

*Sie sagen, Francis Hinsley, du hättst dich aufgehängt,*
*Die Augen rot und glubschig, die Zunge wie versengt,*
*Ich weine, wenn ich denke, was haben wir gelacht!*
*Was haben wir getrunken! Jetzt liegst du eingemacht,*
*gebeizt in Formalin, bemalt wie eine Hur,*
*krebsrot und unverwüstlich, vom Tode keine Spur.*

Er starrte hinauf in das Rhabarberdach. Ein Pfirsich ohne Kern. Das war die Metapher für Frank Hinsley. Dennis erinnerte sich, dass er einmal eines dieser vielbeworbenen Produkte von Mr. Kaiser probiert und einen feuchten, süßen, baumwolligen Kloß geschmeckt hatte. Genau so war der arme Frank Hinsley gewesen.

Jetzt war nicht die rechte Zeit zum Schreiben. Die Stimme der Inspiration war verstummt, die Stimme der Pflicht gedämpft. Es kam ja noch die Nacht, wo der Mensch leichter arbeiten konnte. Jetzt sah man besser den Flamingos zu und dachte über das Leben von Mr. Kaiser nach. Dennis hielt den Kopf schief und studierte auf den Bronzeplatten die nachgemachte Handschrift der Frauen des Hauses. Keine starken Charaktere, wie ihm schien. Kaiser verdankte den Frauen nichts. Der kernlose Pfirsich war sein eigenes Werk.

Plötzlich hörte er Schritte näher kommen, und ohne sich zu bewegen, konnte er sehen, dass es die Schritte einer Frau waren. Füße, Fesseln, Waden gerieten nach und nach in sein Blickfeld. Wie jedes Paar Beine in diesem Land waren auch sie schlank und hübsch bekleidet. Was kam wohl zuerst in dieser sonderbaren Kultur, überlegte er, der Fuß oder der Schuh, das Bein oder der Nylonstrumpf? Oder wurden diese eleganten Einheitsgliedmaßen vom Strumpfrand abwärts in einer Zellophanhülle im nächsten Laden verkauft? Klemmte man sie mit einer praktischen Vorrichtung an den keimfreien Gummi-Unterleib? Kamen sie aus derselben Abteilung wie der leichte, unzerbrechliche Plastikkopf? Wurde vielleicht der ganze Artikel von den Fließbändern gebrauchsfertig nach Hause geliefert?

Dennis lag regungslos da, und das Mädchen kam bis auf einen Meter heran, kniete sich in denselben Schatten und wollte sich schon neben ihn legen, als es plötzlich ausrief: »Oh!«

Dennis setzte sich auf, drehte sich um und erblickte das Mädchen aus dem Leichenhaus. Sie trug eine riesige, ovale, violette Sonnenbrille, die sie nun abnahm, um ihn genauer zu betrachten, und da erkannte sie ihn.

»Ach«, sagte sie, »Entschuldigung. Sind Sie nicht der Freund von dem strangulierten Verewigten aus dem Orchideenzimmer? Mein Gedächtnis für lebende Gesichter ist sehr schlecht. Sie haben mich erschreckt. Ich habe nicht erwartet, dass hier jemand sein könnte.«

»Habe ich Ihnen Ihren Platz weggenommen?«

»Nein, es ist ja Mr. Kaisers Platz, nicht der meine oder der Ihre. Aber um diese Zeit ist er normalerweise menschenleer, deshalb habe ich mir angewöhnt, nach der Arbeit herzukommen, und allmählich betrachte ich ihn wohl als meinen. Ich werde woanders hingehen.«

»Auf keinen Fall. Ich gehe. Ich bin nur hierhergekommen, um ein Gedicht zu schreiben.«

»Ein Gedicht??«

Da hatte er etwas gesagt! Bisher war sie ihm mit jener unpersönlichen, neutralen Freundlichkeit begegnet, die in diesem Land der Straßenkinder an die Stelle der Höflichkeit getreten ist. Ihre Augen weiteten sich. »Haben Sie gesagt: ein *Gedicht*?«

»Ja. Ich bin Dichter.«

»Aber das ist ja wundervoll! Ich habe noch nie einen lebenden Dichter gesehen. Kannten Sie Sophie Dalmeyer Krump?«

»Nein.«

»Sie liegt jetzt in der Dichterecke. Sie kam in meinem ersten Monat, da war ich noch Anfängerin, deshalb durfte ich natürlich nicht an ihr arbeiten. Außerdem ist sie bei einem Verkehrsunfall verschieden und brauchte eine Spezialbehandlung. Aber ich habe die Gelegenheit genutzt, um sie mir genau anzusehen. Sie war ein Mensch mit viel Seele. Man könnte sagen, ich habe mich mit der menschlichen Seele vertraut gemacht, indem ich Sophie Dalmeyer Krump studiert habe. Wenn jetzt eine besonders seelenvolle Behandlung ansteht, überlässt Mr. Joyboy das mir.«

»Würden Sie auch mich bekommen, wenn ich verscheiden würde?«

»Bei Ihnen wäre es schwierig«, sagte sie und prüfte ihn mit fachkundigem Blick. »Sie sind im falschen Alter dafür. Seele ist von Natur aus eher eine Sache der ganz Jungen oder ganz Alten. Aber ich würde natürlich mein Bestes tun. Ich stelle es mir ganz wunderbar vor, ein Dichter zu sein.«

»Ihre Tätigkeit hier ist auch sehr poetisch.«

Er hatte das salopp und neckend dahingesagt, aber sie antwortete todernst: »Ja, ich weiß. Ich weiß das wohl. Nur manchmal, am Ende des Tages, wenn ich müde bin, habe ich das Gefühl, dass doch alles sehr ephemer ist. Ich meine,

Sie und Sophie Dalmeyer Krump schreiben ein Gedicht, es wird gedruckt und vielleicht im Radio vorgetragen, Millionen von Menschen hören es und lesen es vielleicht noch in Hunderten von Jahren. Meine Arbeit dagegen wird manchmal innerhalb von wenigen Stunden verbrannt. Bestenfalls landet sie in einem Mausoleum, aber auch da löst sie sich auf. Ich habe dort Schminke gesehen, die keine zehn Jahre alt war und jeden Farbton verloren hatte. Glauben Sie, etwas kann große Kunst sein, das so wenig von Dauer ist?«

»Vergleichen Sie es doch mit dem Theaterspielen, Singen oder Musizieren.«

»Ja, ja. Aber diese Darbietungen kann man heutzutage auch schon dauerhaft aufzeichnen, nicht wahr?«

»Grübeln Sie über solche Sachen nach, wenn Sie allein hierherkommen?«

»Erst in letzter Zeit. Anfangs lag ich nur da und dachte, was ich doch für ein Glück habe, dass ich hier sein darf.«

»Denken Sie das nicht mehr?«

»Doch, natürlich. Jeden Morgen und den ganzen Tag während der Arbeit. Nur an den Abenden überkommt es mich manchmal. Vielen Künstlern geht es so. Den Dichtern wahrscheinlich auch, oder?«

»Ich wollte, Sie würden mir etwas über Ihre Arbeit erzählen«, sagte Dennis.

»Aber Sie haben sie doch gestern gesehen?«

»Ich meine, über Sie selbst und Ihr Arbeiten. Was hat Sie dazu gebracht? Wo haben Sie gelernt? Hat Sie derlei schon als Kind fasziniert? Das alles würde mich schrecklich interessieren.«

»Ich hatte immer eine künstlerische Ader«, sagte sie. »Im

College habe ich ein Semester lang Kunst als Nebenfach belegt. Ich hätte es auch im Hauptfach studiert, aber Dad hat sein Geld in der Religion verloren, deshalb musste ich ein Handwerk erlernen.«

»Er hat sein Geld in der Religion verloren?«

»Ja, an die Church of the Foursquare Gospel. Deswegen heiße ich Aimée, nach Aimée McPherson. Nachdem Dad sein Geld verloren hatte, wollte er den Namen ändern. Ich auch, aber irgendwie ist er mir geblieben. Mutter hat immer vergessen, in welchen wir ihn geändert hatten, und hat kurzerhand einen neuen gesucht. Wenn man erst einmal anfängt, einen Namen zu ändern, gibt es keinen Grund, damit aufzuhören. Man findet immer einen, der noch besser klingt. Außerdem war Mutter Alkoholikerin, die Arme. Aber zwischen den ganzen ausgefallenen Namen kamen wir immer zu Aimée zurück, und am Ende hat sich Aimée durchgesetzt.«

»Und was haben Sie noch studiert?«

»Nur Psychologie und Chinesisch. Mit Chinesisch kam ich nicht so gut zurecht. Aber das waren natürlich auch Nebenfächer, für den kulturellen Hintergrund.«

»Aha. Und was war Ihr Hauptfach?«

»Schönheitsgewerbe.«

»Oh.«

»Sie wissen schon – Dauerwelle, Gesichtsbehandlung, Enthaarung – alles, was man in einem Schönheitssalon so macht. Aber wir haben natürlich auch Geschichte und Theorie gehabt. Meine Abschlussarbeit hatte das Thema ›Frisuren im Orient‹. Deswegen habe ich ja Chinesisch belegt. Ich dachte, das würde mir helfen, aber so war es nicht. Immerhin habe ich mein Diplom mit Auszeichnung in Psychologie und Kunst gemacht.«

»Und diese ganze Zeit hatten Sie zwischen Psychologie, Kunst und Chinesisch die Leichenhalle im Visier?«

»Überhaupt nicht. Wollen Sie es wirklich wissen? Dann erzähle ich es Ihnen, es ist eine ziemlich poetische Geschichte. Ich habe 43 meinen Abschluss gemacht, und viele Mädchen aus meiner Klasse haben danach Kriegsarbeit geleistet, aber das hat mich nie interessiert. Nicht dass ich unpatriotisch wäre. Aber Kriege interessieren mich einfach nicht. Heute denkt jeder so. Ich dachte eben schon 43 so. Also ging ich ins Beverly-Waldorf und habe im Schönheitssalon gearbeitet, aber nicht einmal dort ist man dem Krieg ganz entkommen. Die Damen hatten nichts Wichtigeres im Kopf als Flächenbombardement. Eine Dame, Mrs. Komstock, war noch schlimmer als die anderen. Sie kam jeden Samstagvormittag, um sich das Haar bläulich tönen und legen zu lassen, und anscheinend gefiel ich ihr; sie fragte immer nach mir, sonst machte es ihr niemand recht, und dabei gab sie mir immer nur einen Vierteldollar Trinkgeld. Mrs. Komstock hatte einen Sohn in Washington und einen in Delhi, eine Enkelin in Italien und einen Neffen, der ein hohes Tier bei der Propaganda war, und ich musste mir über jeden Einzelnen alles haarklein anhören, bis ich schließlich den Samstagvormittag mehr fürchtete als jeden anderen Wochentag. Nach einer Weile wurde Mrs. Komstock krank, aber damit war es keineswegs zu Ende. Sie bestellte mich jede Woche in ihre Wohnung, gab mir immer noch nur einen Vierteldollar und redete noch genauso viel vom Krieg, nur nicht mehr so verständig. Stellen Sie sich meine Verblüffung vor, als mich eines Tages Mr. Jebb, der Geschäftsführer, zu sich rief und sagte: ›Miss Thanatogenos, es gibt da etwas, worum ich Sie kaum zu bitten wage. Ich weiß nicht, ob es Ihnen nahegeht, aber Mrs. Komstock ist gestorben, und jetzt ist ihr Sohn aus Washington gekommen, und der möchte unbedingt, dass Sie Mrs. Komstocks Haar genau so frisieren, wie sie es immer getragen hat. Anscheinend gibt es aus der letzten Zeit keine Fotos, in den Elysischen Gefilden kennt niemand ihren Stil, und Colonel Komstock kann ihn nicht genau beschreiben. Deshalb frage ich mich, Miss Thanatogenos, ob es Ihnen etwas ausmachen würde, Colonel Komstocks Wunsch zu entsprechen und in die Elysischen Gefilde zu fahren und Mrs. Komstock das Haar so zurechtzumachen, wie Colonel Komstock es in Erinnerung hat?‹

Ich wusste nicht recht, was ich davon halten sollte. Ich hatte noch nie einen Toten gesehen, weil Dad Mutter verlassen hatte, bevor er starb (wenn er überhaupt gestorben ist), und als ich mit dem College fertig war, ging Mutter an die Ostküste, um ihn zu suchen, und starb dort. Ich war auch noch nie in den Elysischen Gefilden gewesen, weil Mutter der Neugeist-Bewegung beitrat, als wir das Geld verloren hatten, und nicht wahrhaben wollte, dass es so etwas wie den Tod gibt. Deshalb war ich ziemlich nervös, als ich zum ersten Mal hierherkam. Und dann war alles ganz anders, als ich erwartet hatte. Sie haben es ja gesehen, Sie kennen es. Colonel Komstock schüttelte mir die Hand und sagte: ›Junge Dame, das ist wirklich sehr freundlich und schön von Ihnen‹, und gab mir 50 Dollar.

Dann führte man mich in die Einbalsamierungsabteilung,

und da lag Mrs. Komstock in ihrem Hochzeitskleid auf dem Tisch. Den Anblick werde ich nie vergessen. Sie war wie verklärt. Das ist das einzig richtige Wort dafür. Seither habe ich das Vergnügen, unzähligen Menschen ihre lieben Angehörigen zu präsentieren, und mehr als die Hälfte sagen: ›Ach, sie sind wie verklärt.‹ Natürlich hatte sie noch keine Farbe, und ihr Haar war ziemlich zerzaust; sie war weiß wie Wachs und auch so kalt und stumm. Zuerst traute ich mich kaum, sie anzufassen. Dann habe ich ihr das Haar gewaschen, blau getönt und gelegt, so wie sie es immer trug, lauter kleine Löckchen und wo es dünn war, ein bisschen aufgeplustert. Während sie trocknete, hat die Kosmetikerin sie geschminkt. Sie ließ mich zuschauen, wir kamen ins Gespräch, und sie sagte, dass zurzeit eine Stelle für eine Kosmetikassistentin frei wäre, also bin ich schnurstracks zurückgelaufen und habe bei Mr. Jebb gekündigt. Das war vor fast zwei Jahren, und seither bin ich hier.«

»Und Sie bereuen es nicht?«

»Ach, niemals, keinen Augenblick. Was ich vorher gesagt habe, dass es so ephemer ist, das denkt doch jeder Künstler mal von seinem Werk, oder? Geht es Ihnen nie so?«

»Und man zahlt Ihnen hoffentlich mehr als im Schönheitssalon?«

»Ja, ein bisschen. Andererseits können einem die Verewigten ja kein Trinkgeld geben, so dass es fast aufs Gleiche rauskommt. Aber ich arbeite nicht wegen dem Geld. Ich würde es auch umsonst tun, doch von irgendwas muss man ja leben, und der Träumer besteht darauf, dass wir hübsch angezogen sind. Richtig lieben gelernt habe ich meine Arbeit aber erst im letzten Jahr. Davor war ich einfach froh, dass ich Leute verschönerte, die nicht reden konnten. Dann habe ich erkannt, wie viel Trost meine Arbeit spendet. Es ist wunderbar, wenn man jeden Tag in dem Wissen beginnt, dass man einem leidenden Herzen Freude bereiten wird. Natürlich trage ich nur einen winzigen Teil dazu bei. Ich bin nur eine Gehilfin der Bestatter, aber es ist sehr befriedigend, dass ich das Endergebnis vorführen und die Reaktion miterleben darf. Ich habe es gestern auch bei Ihnen gesehen. Sie sind Engländer und ziemlich verschlossen, aber ich wusste genau, was Sie fühlten.«

»Sir Francis war tatsächlich wie verklärt.«

»Was für eine Einrichtung die Elysischen Gefilde wirklich sind, hat mir eigentlich erst Mr. Joyboy bewusst gemacht. Mr. Joyboy ist fast so etwas wie ein Heiliger. Seit dem Tag, an dem er kam, ist das Niveau im Leichenhaus enorm gestiegen. Ich werde nie vergessen, wie Mr. Joyboy eines Morgens zu einem jungen Balsamierer sagte: ›Mr. Parks, ich muss Sie bitten, daran zu denken, dass Sie hier nicht in den Ewigen Jagdgründen sind.‹«

Dennis verriet mit keiner Miene, dass er diesen Namen kannte, verspürte aber jählings wie einen Stich große Dankbarkeit darüber, dass er geschwiegen hatte, als er zu einem früheren Zeitpunkt ihrer Bekanntschaft erwogen hatte, wie von ungefähr seine Tätigkeit zu erwähnen, um ein Band zwischen ihnen zu knüpfen. Das wäre nicht gut angekommen. Er sah sie nur groß an, und Aimée sagte: »Sie haben wahrscheinlich noch nie davon gehört. Es ist eine schreckliche Einrichtung, wo man Tiere verbrennt.«

»Nicht poetisch?«

»Ich war noch nie dort, aber ich habe davon gehört. Sie

versuchen uns in allem nachzuahmen. Es ist geradezu blasphemisch.«

»Und worüber denken Sie nach, wenn Sie abends allein hierherkommen?«

»Nur über den Tod und die Kunst«, antwortete Aimée Thanatogenos schlicht.

»Warte nur, balde ruhest du auch.«

»Was haben Sie gesagt?«

»Ich habe ein Gedicht zitiert:

*Über allen Gipfeln*
*Ist Ruh,*
*In allen Wipfeln spürest du*
*Kaum einen Hauch;*
*Die Vögelein schweigen im Walde.*
*Warte nur, balde*
*Ruhest du auch.*«

»Haben Sie das geschrieben?«

Dennis zögerte. »Gefällt es Ihnen?«

»Es ist wunderschön. Genau das habe ich auch oft gedacht und konnte es nie ausdrücken. ›Über allen Gipfeln ist Ruh‹ und ›Warte nur, balde ruhest du auch‹ – genau so sind die Elysischen Gefilde, nicht wahr? Ich finde es wunderbar, wenn man so etwas schreiben kann. Haben Sie das verfasst, als Sie zum ersten Mal hierherkamen?«

»Es wurde vor langer Zeit geschrieben.«

»Ach, es könnte nicht schöner sein, wenn Sie es in den Elysischen Gefilden geschrieben hätten – auf der Insel selbst. Haben Sie an etwas Ähnlichem gearbeitet, als ich gerade kam?«

»Nicht direkt.«

Jenseits des Wassers verkündete das Glockenspiel vom Schönen Turm her wohltönend die Uhrzeit.

»Es ist sechs Uhr. Ich muss heute früh gehen.«

»Und ich muss noch ein Gedicht fertigschreiben.«

»Machen Sie das hier?«

»Nein. Daheim. Ich begleite Sie.«

»Ich würde das Gedicht gern sehen, wenn es fertig ist.«

»Ich schicke es Ihnen.«

»Ich heiße Aimée Thanatogenos. Ich wohne ganz in der Nähe, aber schicken Sie es hierher, in die Elysischen Gefilde. Das ist mein wahres Zuhause.«

Als sie zur Fähre kamen, warf der Bootsmann Dennis einen verschwörerischen Blick zu. »Jetzt ist sie ja doch noch aufgetaucht, Kumpel«, sagte er.

# 6

Mr. Joyboy verrichtete alle beruflichen Handgriffe mit lässiger Eleganz. Er schälte sich die Gummihandschuhe von den Fingern wie ein Romanheld von Ouida, der aus den Ställen ins Haus zurückkehrt, warf sie in eine Nierenschale und nahm das frische Paar, das ihm der Assistent hinhielt. Dann griff er nach einer Visitenkarte – aus einer Schachtel mit unbedruckten Karten, wie sie der Blumenhändler unten bekam – und einer chirurgischen Schere. Mit einer einzigen fließenden Bewegung schnitt er eine Ellipse aus und kerbte sie an beiden Enden der Längsachse einen halben Zoll ein. Er beugte sich über die Leiche, prüfte den Kiefer und sah, dass er fest geschlossen war. Er schob die Lippen zurück und legte die Karte auf Zähne und Zahnfleisch. Jetzt kam der entscheidende Moment: Sein Assistent verfolgte mit nie versiegender Bewunderung, wie geschickt die Daumen die oberen Ecken der Karte umknickten, und wie zärtlich die gummibehandschuhten Fingerspitzen die trockenen, farblosen Lippen wieder an ihren Platz schoben. Und siehe da! – Wo zuvor ein verbissener, fatalistischer Strich gewesen war, war jetzt ein Lächeln. Es war meisterhaft, mehr war nicht nötig. Mr. Joyboy trat von seinem Werk zurück, zog die Handschuhe aus und sagte: »Für Miss Thanatogenos.«

In den letzten Wochen hatte sich der Gesichtsausdruck,

der Aimée vom Rollwagen begrüßte, von heiterer Gelassenheit zu schierem Jubel gesteigert. Andere Mädchen mussten an finsteren, resignierten oder völlig ausdruckslosen Gesichtern arbeiten; auf Aimée wartete immer ein strahlendes Lächeln.

Diese Aufmerksamkeiten wurden in den Kosmetikräumen, wo die Liebe zu Mr. Joyboy Licht in die Arbeitsstunden des gesamten Personals brachte, mit Bitterkeit vermerkt. An den Abenden hatte jede ihren Ehemann oder Verehrer, keine von ihnen strebte danach, Mr. Joyboys Gattin zu werden. Wenn er zwischen ihnen hindurchging wie ein Kunstprofessor zwischen seinen Studenten, hier ein korrigierendes Wort, dort eine Empfehlung aussprach und manchmal seine zarte Hand auf eine lebende Schulter oder eine tote Hüfte legte, war er eine Romanfigur, ein Idol, dem alle gleichermaßen huldigten, kein Preis, den eine von ihnen hätte erringen können.

Auch Aimée fühlte sich nicht ganz wohl in ihrer Sonderstellung. Gerade heute Morgen erwiderte sie den Gruß der Leiche nur bedingt offenherzig, denn sie hatte einen Schritt getan, von dem sie wusste, dass Mr. Joyboy ihn unmöglich billigen würde.

Es gab hier in der Gegend ein Orakel, einen spirituellen Meister, dessen tägliche Kolumne in einer Lokalzeitung berühmt war. Früher, als Familie und Frömmigkeit noch etwas galten, trug die Kolumne den Titel *Tante Lydias Kummerkasten*, jetzt hieß sie *Die Weisheit des Guru Brahma* und war geschmückt mit dem Foto eines bärtigen, nahezu nackten Weisen. Zu diesem exotischen Quell nahmen alle Zuflucht, die Zweifel oder Sorgen hatten.

Man sollte meinen, dass an diesem äußersten Ende der Neuen Welt die ungezwungenen Manieren und offenen Worte keine Zweifel und die allgegenwärtige gute Laune keine Sorgen mehr aufkommen ließen. Aber dem war nicht so – Anstandsregeln, Kinderpsychologie, Ästhetik und Sex erhoben ihre kritischen Häupter auch in diesem Garten Eden, und der Guru Brahma spendete allen Lesern Trost und Rat.

An ihn hatte sich Aimée vor einiger Zeit gewandt, als das Lächeln auf den Mündern zum ersten Mal unmissverständlich wurde. Ihr Problem waren nicht Mr. Joyboys Absichten, sondern ihre eigenen. Die Antwort fiel nicht gerade befriedigend aus:

*Nein, A. T., ich denke nicht, dass Sie verliebt sind – noch nicht. Wenn man den Charakter eines Mannes schätzt und seine beruflichen Fähigkeiten bewundert, kann das die Grundlage einer wachsenden Freundschaft sein, aber es ist keine Liebe. So wie Sie Ihre Gefühle in seiner Gegenwart beschreiben, neigen wir nicht dazu anzunehmen, dass zwischen Ihnen eine körperliche Anziehung besteht – noch nicht. Aber bedenken Sie, viele Menschen erleben die Liebe erst spät. Wir kennen Fälle, wo sich wahre Liebe erst nach mehreren Ehejahren und der Geburt des Stammhalters einstellte. Treffen Sie sich oft mit Ihrem Freund. Dann kommt vielleicht auch die Liebe.*

Das war gewesen, ehe Dennis Barlow ihr Gemüt noch zusätzlich aufgewühlt hatte. Es war jetzt sechs Wochen her, dass sie ihn auf der Insel getroffen hatte, und heute früh hatte sie auf dem Weg zur Arbeit einen Brief eingeworfen, für den sie die halbe Nacht gebraucht hatte. Es war der längste Brief, den sie je geschrieben hatte:

*Lieber Guru Brahma,*

*Sie erinnern sich vielleicht dass ich letztes Mal im Mai um Ihren Rat gebeten habe. Dieses Mal lege ich einen frankierten und adressierten Umschlag für eine Privatantwort bei da ich Ihnen Sachen mitteilen werde die ich nicht gedruckt sehen möchte. Bitte antworten Sie mir umgehend oder jedenfalls so bald es Ihnen möglich ist da ich in großer Sorge bin und etwas dagegen tun muss.*

*Falls Sie sich nicht erinnern wiederhole ich noch einmal dass ich mit einem Mann in einem Betrieb zusammenarbeite wo er Abteilungsleiter ist und in jeder Hinsicht der wunderbarste Mensch den ich mir vorstellen kann. Es ist ein großes Privileg mit jemandem zu tun zu haben, der so erfolgreich und gebildet ist, ein Meister und Künstler von Natur aus mit vorbildlichem Benehmen. Mit allen möglichen kleinen Aufmerksamkeiten hat er deutlich gemacht dass er mich den anderen Mädchen vorzieht und obwohl er es bisher noch nicht gesagt hat weil er nicht die Sorte Mensch ist die so was leichtfertig tut bin ich überzeugt, dass er mich aufrichtig liebt. Aber wenn ich mit ihm zusammen bin empfinde ich nicht das was die Mädchen sagen was sie empfinden wenn sie mit ihren Freunden zusammen sind oder was man im Kino sieht.*

*Ich glaube aber, dass ich solche Gefühle bei einem anderen habe aber der ist keineswegs so bewundernswert. Erstens ist er Engländer und deshalb in vieler Hinsicht sehr unamerikanisch. Ich meine nicht nur seinen Akzent oder wie er isst sondern dass er zynisch über Dinge redet die doch heilig sein sollten. Ich glaube nicht, dass er überhaupt religiös ist. Ich übrigens auch nicht. Ich war am College eher modern und hatte eine unglückliche Kindheit, was Religion betrifft und etliches andere auch, aber ich bin anständig. (Da dies hier unter uns bleibt kann ich auch gleich gestehen, dass meine Mutter Alkoholikerin war deswegen bin ich vielleicht empfindlicher und zurückhaltender als andere Mädchen.) Außerdem hat er keine Ahnung von bürgerlicher oder sozialer Verantwortung. Er ist Dichter und in England ist schon ein Buch von ihm gedruckt worden und von den Kritikern dort sehr gut besprochen. Ich habe das Buch gesehen und auch einige Kritiken es ist also wahr aber er tut sehr geheimnisvoll mit seiner hiesigen Arbeit. Manchmal redet er daher wie wenn er beim Film wäre und manchmal als würde er gar nichts anderes tun als nur Gedichte schreiben. Ich habe sein Haus gesehen. Er lebt dort allein weil der Freund bei dem er gelebt hat vor sechs Wochen gestorben ist. Ich glaube nicht, dass er mit einem anderen Mädchen ausgeht oder verheiratet ist. Er hat nicht viel Geld. Er sieht auf unamerikanische Weise sehr vornehm aus und ist sehr amüsant wenn er nicht respektlos ist. Zum Beispiel bei den Kunstwerken im Gedenkpark Elysische Gefilde da ist er oft ganz respektlos dabei sind sie doch die Inkarnation von dem was an Amerika gut ist! Gibt es denn mit ihm Hoffnung auf wahres Glück?*

*Außerdem ist er überhaupt nicht gebildet. Zuerst dachte ich das müsste er sein wo er doch ein Dichter ist und in Europa war und die Kunstwerke dort gesehen hat aber viele unserer größten Schriftsteller bedeuten ihm anscheinend gar nichts.*

*Manchmal ist er ganz reizend und liebevoll und dann wird er plötzlich unmoralisch und bringt mich dazu auch unmoralische Gefühle zu haben. Deshalb wäre mir Ihr Rat sehr wichtig. Ich hoffe dieser lange Brief war nicht zu viel.*

*Mit herzlichen Grüßen,*

*Aimée Thanatogenos*

*Er hat eine Menge Gedichte für mich geschrieben manche sehr schön und sehr moralisch, andere weniger.*

Dass dieser Brief schon unterwegs war, lag Aimée schwer auf der Seele, und sie war dankbar, dass der Morgen ohne ein weiteres Zeichen von Mr. Joyboy verstrich – abgesehen von dem üblichen Begrüßungslächeln auf dem Rollwagen. Sie pinselte fleißig vor sich hin, während Dennis Barlow in den Ewigen Jagdgründen ebenfalls beschäftigt war.

Beide Öfen brannten; sie mussten sechs Hunde, eine Katze und eine Berberziege entsorgen. Keiner der Eigentümer war anwesend, und so konnten er und Mr. Schultz flott arbeiten. Die Katze und die Hunde waren jeweils eine Sache von zwanzig Minuten. Dennis harkte die noch glühende Asche heraus und schüttete sie in etikettierte Kübel zum Abkühlen. Die Ziege brauchte fast eine Stunde. Dennis schaute von Zeit zu Zeit durch das Ofenfenster und zerschlug schließlich den gehörnten Schädel mit einem Schürhaken. Dann drehte er das Gas aus, ließ die Ofentüren offen stehen und bereitete die Behälter vor. Nur ein Besitzer hatte sich dazu bewegen lassen, eine Urne zu kaufen.

»Ich geh dann mal«, sagte Mr. Schultz. »Würden Sie bitte warten, bis sie kalt genug sind zum Einpacken? Alle werden nach Hause geliefert, bis auf die Katze. Die geht ins Kolumbarium.«

»Okay, Mr. Schultz. Was ist mit der Karte für die Ziege? Wir können nicht gut schreiben, dass sie im Himmel mit dem Schwanz wedelt. Ziegen wedeln nicht mit dem Schwanz.«

»Doch, wenn sie in die Blechbüchse wandern, dann schon.«

»Ja, aber auf der Grußkarte sieht das nicht gut aus. Sie schnurren auch nicht wie Katzen. Sie singen auch nicht wie Vögel.«

»Vermutlich gedenken sie nur.«

Dennis schrieb: *Heute Abend gedenkt Billy Ihrer im Himmelreich.*

Er rührte in den qualmenden grauen Häufchen am Boden der Kübel. Dann kehrte er ins Büro und zu seinen Gedichtanthologien zurück, auf der Suche nach Versen für Aimée.

Er besaß nur wenige Bücher, und allmählich ging ihm der Stoff aus. Anfangs hatte er versucht, selbst Gedichte für sie zu schreiben, aber sie zeigte eine Vorliebe für ältere Meister. Außerdem setzte die Muse ihm zu. Das Gedicht, an dem er seinerzeit, als Frank Hinsley noch lebte, geschrieben hatte – ewig schien das her –, hatte er verworfen. Es war nicht das, was die Muse wollte. Sie versuchte ihm eine sehr lange, komplizierte und bedeutungsvolle Botschaft zu vermitteln. Es ging um die Elysischen Gefilde und nicht um Aimée, oder wenn, dann nur indirekt. Früher oder später musste die Muse besänftigt werden. Sie kam an erster Stelle. Bis dahin musste Aimée aus dem mit vielen Nieten bestückten Glückstopf der Gedichtsammelbände versorgt werden. Einmal wäre er beinahe aufgeflogen, als sie sagte, *Kennst du das Land, wo die Zitronen blühn* erinnere sie an etwas, das sie in der Schule gelernt habe, und einmal beinahe in Ungnade gefallen, als sie *Wenn ich mich lehn an deine Brust, kommt's über mich wie Himmelslust* als unmoralisch verurteilte. Mit *Händedrückend, liebeflüsternd wandeln sie umher im Mondschein* hatte er peng! genau ins Schwarze getroffen, aber er kannte wenige Gedichte, die so erhaben, so klangvoll und so sinnlich waren. Die europäischen Dichter erwiesen sich als zweifelhafte Helfer im Labyrinth kalifornischen Liebeswerbens – fast alle waren zu salopp, zu verzagt, zu förmlich oder zu fordernd; sie schimpften, sie flehten, sie priesen. Dennis brauchte Verkaufsargumente; er wollte Aimée ein unwiderstehliches Bild liefern, nicht so sehr von ihren eigenen Vorzügen oder gar den seinen als vielmehr davon, welch ungeheure Wonnen er ihr zu bieten vermochte. Der Film brachte das fertig, die Schnulzensänger auch, die Dichter der Alten Welt aber anscheinend nicht.

Nach einer halben Stunde gab er die Suche auf. Die ersten beiden Hunde waren zum Einpacken bereit. Er schüttelte die Ziege durch, die unter ihrer weißgrauen Oberfläche noch immer glühte. Heute gab es kein Gedicht für Aimée. Stattdessen würde er mit ihr ins Planetarium gehen.

Die Balsamierer bekamen das gleiche Essen wie das restliche Bestattungspersonal, aßen aber gesondert an einem Tisch in der Mitte, wo sie nach einer noch jungen, jedoch bereits heiligen Tradition jeden Tag einen Drahtkäfig mit Würfeln ins Rotieren brachten, und wer verlor, musste die Rechnung für alle zahlen. Mr. Joyboy drehte, verlor und zahlte bereitwillig. Am Ende des Monats glich sich das immer in etwa aus. Der Witz an dem Spiel war: Sie zeigten damit, dass es Männern wie ihnen am Ende der Woche nicht um zehn oder zwanzig Dollar mehr oder weniger in der Tasche ging.

An der Kantinentür blieb Mr. Joyboy stehen; er lutschte ein Verdauungsbonbon. Die Mädchen kamen einzeln oder zu zweit heraus und zündeten sich ihre Zigaretten an, unter ihnen, allein, Aimée, die nicht rauchte. Mr. Joyboy führte sie in den französischen Garten. Sie standen unter einer allegorischen Skulptur mit dem Titel *Das Rätsel des Daseins*.

»Miss Thanatogenos«, sagte Mr. Joyboy, »ich möchte Ihnen sagen, wie sehr ich Ihre Arbeit schätze.«

»Danke, Mr. Joyboy.«

»Ich habe es gestern dem Träumer gegenüber erwähnt.«

»Oh, danke, Mr. Joyboy.«

»Miss Thanatogenos, seit einiger Zeit hat der Träumer neue Pläne. Sie wissen ja, wie weitblickend er ist, als ein Mann von grenzenloser Phantasie. Er glaubt, dass die Zeit gekommen ist, da in den Elysischen Gefilden die Frauen den ihnen gebührenden Platz einnehmen sollten. Sie haben sich im niederen Dienst bewährt und bewiesen, dass sie des höheren würdig sind. Zudem glaubt er, dass viele überempfindliche Leute davor zurückschrecken, ihre Angehörigen zu verabschieden, wie es sich gebührt, aufgrund einer Haltung, die ich selbst nur Prüderie nennen kann, die jedoch Dr. Kenworthy als natürliche Abneigung deutet, die Verblichenen einem Verfahren auszusetzen, das auch nur im mindesten einen Beigeschmack von Unanständigkeit hat. Kurzum, Miss Thanatogenos, der Träumer gedenkt, eine weibliche Balsamiererin anzulernen, und seine Wahl, seine überaus weise Wahl, ist auf Sie gefallen.«

»Oh, Mr. Joyboy.«

»Sagen Sie nichts. Ich weiß, was Sie empfinden. Darf ich ihm sagen, Sie nehmen das Angebot an?«

»Oh, Mr. Joyboy.«

»Und wenn ich mir jetzt noch eine persönliche Bemerkung erlauben darf: Finden Sie nicht, dass man dieses Ereignis ein wenig feiern sollte? Würden Sie mir die Ehre erweisen, heute mit mir zu Abend zu essen?«

»Oh, Mr. Joyboy, ich weiß nicht, was ich sagen soll. Ich habe eine Art Verabredung.«

»Aber die haben Sie getroffen, bevor Sie dies erfuhren. Jetzt erscheint doch alles in einem anderen Licht, denke ich. Außerdem hatte ich nicht vor, mit Ihnen allein zu speisen, Miss Thanatogenos. Ich wünsche mir, dass Sie zu mir nach Hause kommen. Miss Thanatogenos, ich erhebe hiermit Anspruch auf das große Privileg und Vergnügen, die erste Balsamiererin der Elysischen Gefilde meiner Mamma vorzustellen.«

Es war ein höchst aufregender Tag. Den ganzen Nachmittag war Aimée außerstande, sich auf ihre Arbeit zu konzentrieren. Zum Glück gab es kaum Wichtiges zu tun. Sie half dem Mädchen in der Nachbarkabine, ein Toupet auf eine ungewöhnlich rutschige Kopfhaut zu kleben. Hastig überpinselte sie einen männlichen Säugling mit fleischfarbenem Puder, aber die ganze Zeit war sie in Gedanken im Balsamierraum, lauschte auf das Rauschen und Zischen der Wasserhähne, das Kommen und Gehen der Gehilfen mit den abgedeckten Nierenschalen und auf die leisen Bitten um Faden oder Abbindungsschnur. Sie hatte noch nie einen Fuß hinter die Wachstuchvorhänge gesetzt, die die Balsamierungsräume abschirmten; bald würde sie freien Zugang haben.

Um vier Uhr befahl ihr die Chefkosmetikerin einzupacken. Sie ordnete die Farben und Fläschchen mit der gewohnten Sorgfalt, wusch die Pinsel aus und ging in die Garderobe, um sich umzuziehen.

Sie hatte sich mit Dennis am Seeufer verabredet. Er ließ sie warten, und als er endlich kam, nahm er die Nachricht, dass sie zum Abendessen eingeladen war, mit aufreizender Gelassenheit entgegen. »Von diesem Joyboy?«, fragte er. »Das wird bestimmt lustig.« Doch sie war so erfüllt von ihrer Neuigkeit, dass sie ihm einfach davon erzählen musste. »So, so«, sagte er, »das ist doch mal was. Wie viel mehr kriegst du da?«

»Ich weiß nicht. Danach habe ich nicht gefragt.«

»Es ist bestimmt ein hübsches Sümmchen. Was meinst du, hundert die Woche?«

»Oh, ich glaube, außer Mr. Joyboy bekommt niemand so viel.«

»Na ja, fünfzig auf jeden Fall. Fünfzig ist doch ganz gut. Damit könnten wir heiraten.«

Aimée blieb wie angewurzelt stehen und starrte ihn an. »Was hast du gesagt?«

»Wir können heiraten, siehst du das nicht? Weniger als fünfzig ist es bestimmt nicht.«

»Und was, bitte sehr, bringt dich auf den Gedanken, ich würde dich heiraten?«

»Aber, liebes Mädchen, nur das Geld hat mich bisher davon abgehalten. Jetzt kannst du mich ernähren, und nichts hindert uns mehr.«

»Ein amerikanischer Mann, der von seiner Frau lebt, würde alle Selbstachtung verlieren.«

»Ja, aber ich bin eben Europäer. Die alten Kulturen kennen keine solchen Vorurteile. Ich sage nicht, dass fünfzig viel ist, aber ich habe nichts dagegen, ein bisschen einfacher zu leben.«

»Du bist durch und durch verachtenswert.«

»Mach dich nicht lächerlich. Hör mal, du bist ja richtig wütend, wie?«

Und wütend war Aimée tatsächlich. Sie ließ ihn stehen, und am Abend, noch ehe sie zum Essen aufbrach, kritzelte sie eilends ein Briefchen an den Guru Brahma: »Bitte machen Sie sich nicht die Mühe meinen Brief von heute Morgen zu beantworten. Ich weiß jetzt was ich will«, und schickte es per Eilboten an die Zeitungsredaktion.

Mit ruhiger Hand vollzog Aimée das vorgeschriebene Ritual eines amerikanischen Mädchens, das sich mit ihrem Verehrer trifft: Sie bestrich sich die Achselhöhlen mit einem Präparat zum Versiegeln der Schweißdrüsen, gurgelte mit einem anderen, um den Atem aufzufrischen, und bürstete sich aus einer Flasche mit dem Etikett *Dschungelgift* einige duftende Tropfen ins Haar. »Aus den Tiefen fieberheißer Sümpfe«, hatte es in der Reklame geheißen, »wo Juju-Trommeln zum Menschenopfer rufen, kommt Jeannettes jüngste exklusive Kreation *Dschungelgift* zu Ihnen – wild und geheimnisvoll wie ein Kannibale auf der Jagd.«

Dergestalt gerüstet für einen Abend am heimischen Herd

und sehr entspannt wartete Aimée auf Mr. Joyboys wohltönendes »Hallo, da bin ich!« an der Haustür. Sie war bereit, das ihr offenkundig zugedachte Schicksal anzunehmen.

Doch der Abend entwickelte sich nicht ganz so wie erhofft. Er blieb in jeder Hinsicht weit hinter ihren Erwartungen zurück. Sie ging selten aus, eigentlich fast nie, und hatte vielleicht deshalb übertriebene Vorstellungen. Sie kannte Mr. Joyboy als grandiosen Meister seines Fachs, als regelmäßigen Mitarbeiter der Zeitschrift *Der Sarg*, als engen Freund von Dr. Kenworthy, als die Sonne des Leichenhauses. Atemlos hatte sie mit ihrem zinnoberroten Pinsel die unnachahmlichen Rundungen nachgezeichnet, die seine Hände geformt hatten. Sie wusste, dass er Rotarier und Mitglied des Ordens *Knight of Pythias* war, seine Kleidung war tadellos, sein Wagen brandneu, und wenn er so geschniegelt in sein Privatleben davonfuhr, ging sie immer davon aus, er würde in einer Welt verkehren, die um vieles erhabener sei als alles, was sie je erlebt habe. Doch dem war nicht so.

Sie fuhren lange den Santa Monica Boulevard entlang, bis sie endlich in eine Siedlung abbogen. Es war ein wenig attraktives Viertel, das offenbar schon bessere Zeiten gesehen hatte. Viele Grundstücke waren leer, die bebauten hatten die erste Jugend bereits hinter sich, und der Holzbungalow, vor dem sie schließlich anhielten, unterschied sich nicht von seinen Nachbarn. Es ist einfach so, dass Leichenbestatter, mögen sie noch so exzellent sein, nicht so gut verdienen wie Filmstars. Außerdem war Mr. Joyboy ein vorsichtiger Mensch. Er sparte und hatte eine Versicherung abgeschlossen. Er versuchte, in der Öffentlichkeit einen guten Eindruck zu machen. Eines Tages würde er ein Haus und

Kinder haben. Bis dahin war alles für nicht repräsentable Dinge ausgegebene Geld, alles für Mamma ausgegebene Geld zum Fenster hinausgeworfen.

»Ich komme einfach nicht dazu, im Garten zu arbeiten«, sagte Mr. Joyboy, als gewahre er in Aimées prüfendem Blick dunkel eine unausgesprochene Missbilligung. »Das ist nur ein Häuschen, das ich in aller Eile genommen habe, um Mamma unterzubringen, als wir in den Westen zogen.«

Er schloss die Haustür auf, trat zurück, um Aimée den Vortritt zu geben, und jodelte dann lauthals über sie hinweg: »Juhu, Mamma, wir sind da!«

Eine herrische Männerstimme dröhnte durch das kleine Haus. Mr. Joyboy öffnete eine Tür und ließ Aimée in ein unscheinbares Wohnzimmer treten, wo die Quelle des Lärms, ein Radio, auf dem Tisch in der Mitte stand. Mrs. Joyboy saß dicht davor.

»Setzt euch und seid leise«, sagte sie, »bis es aus ist.«

Mr. Joyboy zwinkerte Aimée zu. »Die alte Dame hasst es, wenn ihr ein politischer Kommentar entgeht«, erklärte er.

»Ruhe!«, herrschte Mrs. Joyboy sie an.

Sie saßen zehn Minuten schweigend da, bis die heisere Flut aus fragwürdigen Reportagen einer sanfteren Stimme wich, die eine Toilettenpapiermarke anpries.

»Mach aus«, sagte Mrs. Joyboy. »Er sagt, dieses Jahr gibt's wieder Krieg.«

»Mamma, das ist Aimée Thanatogenos.«

»Gut. Abendessen ist in der Küche. Holt es euch, wann ihr wollt.«

»Hunger, Aimée?«

»Nein, ja. Ein bisschen.«

»Dann schauen wir mal, was uns die kleine alte Dame für eine Überraschung gezaubert hat.«

»Das, was du immer kriegst«, sagte Mrs. Joyboy. »Ich hab keine Zeit für Überraschungen.«

Mrs. Joyboy drehte sich auf ihrem Stuhl zu einem merkwürdig verschleierten Gegenstand. Sie zupfte an den Schalfransen und enthüllte einen Drahtkäfig mit einem fast nackten Papagei. »Sambo«, sagte sie schmeichelnd, »Sambo.« Der Vogel legte den Kopf schief und blinzelte. »Sambo«, sagte sie. »Willst du nicht mit mir reden?«

»Aber Mamma, du weißt doch, dass dieser Vogel seit Jahren nicht spricht.«

»Er spricht ganz viel, wenn du nicht da bist, nicht wahr, mein Sambo?«

Der Vogel legte den Kopf auf die andere Seite, blinzelte, sträubte plötzlich seine wenigen Federn und pfiff wie eine Lokomotive. »Da!«, rief Mrs. Joyboy. »Sambo ist der Einzige, der mich liebhat. Wenn ich ihn nicht hätte, könnte ich auch gleich tot sein.«

Es gab Nudelsuppe aus der Dose, grünen Salat mit Dosenkrabben, Eis und Kaffee. Aimée half die Tabletts tragen. Aimée und Mr. Joyboy räumten das Radio weg und deckten den Tisch. Mrs. Joyboy beäugte sie feindselig von ihrem Stuhl aus. Die Mütter großer Männer pflegen die Verehrerinnen ihrer Söhne gern zu verunsichern. Mrs. Joyboy hatte kleine, böse Augen, krauses Haar, einen Kneifer auf der dicken Nase und ausgesprochen peinliche Kleidung an ihrem unförmigen Leib.

»Früher haben wir nicht so gelebt, auch nicht in einer solchen Gegend«, sagte sie. »Wir kommen von der Ostküste, und hätte jemand auf mich gehört, wären wir da heute noch. In Vermont hatten wir eine Farbige, die regelmäßig kam – 15 Dollar die Woche, und da war sie froh drum. So was gibt's hier nicht. Hier gibt's überhaupt nichts. Schauen Sie sich diesen Salat an. Wo wir her sind, gibt es von allem mehr, und alles ist billiger und besser. Nicht, dass wir jemals viel gehabt hätten, bei dem bisschen Haushaltsgeld, das ich krieg.«

»Mamma scherzt gern«, sagte Mr. Joyboy.

»Scherzen? Nennst du dieses Haushaltsgeld einen Scherz, wo du obendrein Besuch mitbringst?« Sie starrte Aimée an, dann fügte sie hinzu. »In Vermont *arbeiten* die Mädchen.«

»Aimée arbeitet sehr fleißig, Mamma, das habe ich dir doch erzählt.«

»Schöne Arbeit ist das. Ich würde das meiner Tochter nicht erlauben. Wo ist Ihre Mutter?«

»Sie ist an die Ostküste gezogen. Ich glaube, sie ist tot.«

»Besser dort tot als hier am Leben. Sie *glauben* es also nur? So sieht Kinderliebe heutzutage aus.«

»Mamma, so etwas darfst du nicht sagen. Du weißt doch, ich mag …«

Endlich war es so spät, dass Aimée sich mit Anstand verabschieden konnte. Mr. Joyboy begleitete sie zum Gartentor.

»Ich würde Sie ja nach Hause fahren«, sagte er, »aber ich möchte Mamma nicht allein lassen. Die Straßenbahn hält dort an der Ecke. Sie kommen bestimmt zurecht.«

»Ja, ich komme schon zurecht«, sagte Aimée.

»Mamma mag Sie.«

»So?«

»Aber ja. Ich merke das. Wenn Mamma jemanden sympathisch findet, geht sie ganz ungekünstelt mit ihm um, so wie mit mir.«

»Sie war in der Tat ungekünstelt.«

»Ja, wirklich. Sie war ganz natürlich, so viel steht fest. Sie haben Mamma sehr beeindruckt.«

Bevor Aimée an diesem Abend zu Bett ging, schrieb sie noch einmal einen Brief an den Guru Brahma.

## 7

*Guru Brahma* bestand aus zwei schwermütigen Männern und einer fröhlichen jungen Sekretärin. Der eine Schwermütige schrieb die Texte für die Zeitung, der andere, ein Mr. Slump, befasste sich mit den Briefen, die eine persönliche Antwort erforderten. Wenn sie zur Arbeit kamen, hatte die Sekretärin die Briefe bereits auf die jeweiligen Schreibtische verteilt. Mr. Slump, der ein Überbleibsel aus den Tagen von *Tante Lydia* war und ihren Stil beibehalten hatte, fand normalerweise den kleineren Stapel vor, denn den meisten Briefpartnern des Guru Brahma gefiel es, wenn ihre Schwierigkeiten vor aller Welt ausgebreitet wurden. Dadurch fühlten sie sich bedeutender, und gelegentlich führte es auch zum Briefwechsel mit anderen Lesern.

An Aimées Briefpapier haftete noch der Duft des *Dschungelgifts*.

»Liebe Aimée«, diktierte Mr. Slump und fügte seiner endlosen Zigarettenkette ein weiteres Glied hinzu, »ich bin ein klein wenig besorgt über den Ton Ihres letzten Briefes.«

Die Zigaretten, die Mr. Slump rauchte, waren laut Werbung medizinisch präpariert und dienten einzig dem Schutz seiner Atemwege. Dennoch litt Mr. Slump entsetzlich, und die junge Sekretärin litt mit ihm. Die ersten Stunden eines jeden Tages wurde er von einem Husten gebeutelt, der aus den Tiefen des Tartaros aufstieg und sich nur mit Whisky stillen ließ. An schlimmen Tagen kam es der leidenden Sekretärin so vor, als würde sich Mr. Slump übergeben. Heute war ein schlimmer Tag. Er würgte, erschauerte und wischte sich das Gesicht mit dem Taschentuch ab.

»Ein familienfreundliches, häusliches amerikanisches Mädchen sollte an dem Benehmen, das Sie beschreiben, nichts auszusetzen haben. Ihr Freund hat Ihnen die größte in seiner Macht stehende Ehre erwiesen, als er Sie eingeladen hat, seine Mutter kennenzulernen, und sie wäre keine wahre Mutter, wenn sie sich nicht gewünscht hätte, Sie zu sehen. Es wird eine Zeit kommen, Aimée, wo Ihr Sohn eine fremde Frau mit nach Hause bringt. Im Übrigen finde ich nicht, dass es ein schlechtes Licht auf ihn wirft, wenn er seiner Mutter im Haushalt hilft. Sie sagen, er sehe in seiner Schürze würdelos aus. Dabei verrät nichts so sehr wahre Größe, wie wenn man ohne Rücksicht auf Konventionen anderen hilft. Die einzige Erklärung für Ihre veränderte Haltung scheint mir, dass Sie ihn nicht so lieben, wie er es zu Recht erwarten dürfte. In diesem Fall sollten Sie ihm das bei nächster Gelegenheit offen sagen.

Der Schwächen des anderen von Ihnen erwähnten Freundes sind Sie sich wohl bewusst, und ich kann es gewiss Ihrem gesunden Menschenverstand überlassen, zwischen äußerem Glanz und innerem Wert zu unterscheiden. Gedichte sind schön und gut, aber meiner Meinung nach ist ein Mann, der bereitwillig seinen Teil der niederen häuslichen Pflichten übernimmt, zehnmal mehr wert als ein zungenfertiger Dichter.« – »Ist das zu streng?«

»Es ist tatsächlich sehr streng, Mr. Slump.«

»Zum Teufel, ich fühle mich entsetzlich heute Morgen. Dieses Mädchen hört sich an wie eine ausgemachte Zicke.«

»Daran sind wir doch gewöhnt.«

»Ja. Also, mildern Sie es ein bisschen ab. Hier ist noch einer von der Frau, die an ihren Nägeln kaut. Was haben wir der das letzte Mal geraten?«

»Meditation über die Schönheit.«

»Schreiben Sie ihr, sie soll weiter meditieren.«

Fünf Meilen entfernt legte Aimée im Kosmetikraum eine Pause ein, um noch einmal das Gedicht zu lesen, das sie heute Morgen von Dennis erhalten hatte.

*Gott schenkte wilde Augen ihr*
*Und malte sie mit Feuer,*
*Die schür'n das kalte Herze mir*
*Zu roter Glut, zu neuer.*

*Ihr Mund von göttlich sanftem Schwung*
*Weckt zärtliches Verlangen*
*In mir und treue Huldigung.*
*Mein Wunsch hält mich gefangen.*

*Ihr Leib ist eine Blume und*
*Ihr Haar umspielt den Hals.*
*In ihren Farben tut sich kund*
*Der Glanz des Weltenalls.*

*Wenn mich ihr Mund so rosenrot*
*Liebkost, wenn sie mich küsst,*

*So weiß ich, dass der höchste Tod*
*Der für die Liebe ist.*

*Ach, zarte, kleine Hand so weich,*
*Wie regst du dich so sanft…*

Eine einzelne Träne lief über Aimées Wange und fiel auf die lächelnde, wächserne Maske unter ihr. Sie schob den Briefbogen in die Tasche ihres Leinenkittels, und ihre zarte, kleine Hand begann sich sanft über dem toten Gesicht zu regen.

In den Ewigen Jagdgründen sagte Dennis: »Mr. Schultz, ich möchte befördert werden.«

»Das geht im Moment nicht. So viel Geld wirft der Betrieb nicht ab, das wissen Sie genauso gut wie ich. Sie kriegen schon fünf Dollar mehr wie Ihr Vorgänger. Ich sag ja nicht, dass Sie es nicht wert wären, Dennis. Wenn der Laden besser läuft, sind Sie der Erste, der eine Gehaltserhöhung kriegt.«

»Ich habe vor zu heiraten. Mein Mädchen weiß nicht, dass ich hier arbeite. Sie ist romantisch. Ich glaube, Sie hält nicht viel von unserem Geschäft.«

»Haben Sie was Besseres, wo Sie hinkönnen?«

»Nein.«

»Dann sagen Sie ihr, sie soll sich ihre Romantik abschminken. 40 Dollar die Woche sind regelmäßige 40 Dollar.«

»Ohne es zu wollen, bin ich zum Protagonisten einer James'schen Problematik geworden. Haben Sie mal Henry James gelesen, Mr. Schultz?«

»Ich habe keine Zeit zum Lesen, das wissen Sie doch.«

»Sie brauchen nicht viel von ihm zu lesen. Alle seine Geschichten drehen sich um das gleiche Thema – die Ahnungslosigkeit der Amerikaner und die Erfahrenheit der Europäer.«

»Der meint wohl, er kann uns austricksen, wie?«

»James war selbst ein ahnungsloser Amerikaner.«

»Also ich hab keine Zeit für Kerle, die über ihre eigenen Leute herziehen.«

»Oh, er zieht nicht über sie her. Die Geschichten sind alle auf die eine oder andere Art tragisch.«

»Ich hab auch keine Zeit für tragische Geschichten. Jetzt machen Sie diesen Sarg fertig. Wir haben nur noch eine halbe Stunde, bis der Pfarrer kommt.«

An diesem Vormittag gab es eine Beerdigung mit allen erdenklichen Ehren, die erste seit einem Monat. In Anwesenheit von einem Dutzend Trauergästen wurde der Sarg eines Schäferhunds in das blumenumsäumte Grab hinabgelassen. Hochwürden Errol Bartholomew zelebrierte die Liturgie.

»Der Hund, von der Hündin geboren, lebet kurze Zeit und ist voll Unruhe. Er gehet auf wie eine Blume und fällt ab, fleucht wie ein Schatten und bleibet nicht ...«

Als Dennis später im Büro Mr. Bartholomew seinen Scheck ausstellte, fragte er: »Sagen Sie mal, wie wird man eigentlich konfessionsloser Geistlicher?«

»Man wird berufen.«

»Ja, natürlich; aber nach der Berufung, wie geht es dann weiter? Ich meine, gibt es einen konfessionslosen Bischof, der einen weiht?«

»Natürlich nicht. Wer berufen ist, bedarf keiner menschlichen Vermittlung.«

»Man sagt einfach eines Tages: ›Ich bin konfessionsloser Geistlicher‹, und macht sich selbständig?«

»Man hat beträchtliche Auslagen. Man braucht ja Räumlichkeiten. Aber die Banken greifen einem normalerweise gern unter die Arme. Und natürlich strebt man eine Radiogemeinde an.«

»Ein Freund von mir fühlt sich berufen, Mr. Bartholomew.«

»Na, dann soll er sich's lieber zweimal überlegen, ob er dieser Berufung folgt, das ist mein Rat. Die Konkurrenz wird jedes Jahr härter, vor allem in Los Angeles. Einige der jüngsten Konfessionslosen schrecken vor nichts zurück, nicht einmal vor Psychiatrie und Tischrücken.«

»Das ist wirklich schlimm.«

»Es entbehrt jeglicher biblischen Legitimation.«

»Mein Freund wollte sich auf Bestattungen spezialisieren. Er hat Beziehungen.«

»Mieser Job, Mr. Barlow. Mit Hochzeiten und Taufen lässt sich mehr verdienen.«

»Hochzeiten und Taufen bedeuten meinem Freund nicht so viel. Was er sucht, ist Qualität. Würden Sie nicht auch sagen, dass ein konfessionsloser Geistlicher gesellschaftlich mit einem Bestatter auf einer Stufe steht?«

»Bestimmt, Mr. Barlow. Das amerikanische Gemüt hegt größten Respekt vor Geistlichen.«

Die Wee Kirk o' Auld Lang Syne liegt am äußersten Ende des Parks, außer Sichtweite der University Church und des Mausoleums. Sie ist ein niedriges Gebäude, schmucklos und ohne Turm, soll mehr bezaubern als beeindrucken und ist

Robert Burns und Harry Lauder geweiht. Andenken an beide sind in einem Anbau ausgestellt. Einzig der Teppich mit dem Schottenmuster verleiht dem Innenraum Farbe. Das Heidekraut, das ursprünglich um ihre Mauern gepflanzt war, gedieh in der kalifornischen Sonne allzu maßlos, es wuchs höher als Dr. Kenworthys Traum vorsah, so dass er es schließlich ausriss, die unmittelbare Umgebung der Kirche mit einer Mauer einfassen, einebnen und pflastern ließ und ihr damit das Flair eines Schulhofs verlieh, durchaus im Einklang mit den edlen erzieherischen Traditionen des Menschenschlags, dem sie diente. Aber weder schmucklose Schlichtheit noch blinde Traditionstreue waren nach des Träumers Geschmack. Er war für Neuerungen. Zwei Jahre bevor Aimée in die Elysischen Gefilde kam, richtete er an diesem spartanischen Fleck eine Liebeslaube ein, kein blumiges Plätzchen wie die Insel, das zu einem poetischen Schäferstündchen einlud, sondern etwas, wie ihm schien, absolut Schottisches: eine Stätte, an der man verhandeln und einen Vertrag schließen konnte. Sie bestand aus einem Podium mit einem Doppelthron aus roh behauenem Granit. Zwischen den beiden Sitzen stand eine senkrechte Steinscheibe mit einer herzförmigen Öffnung. Dahinter war folgende Inschrift zu lesen:

Die Bank der Liebenden

*Diese Bank wurde aus echtem schottischem Urgestein von den Highlands um Aberdeen gehauen und trägt ein altes Symbol: das Herz von Robert Bruce.*

*Nach der Überlieferung aus den Bergtälern sollen Liebende, die ihr Treuegelöbnis auf dieser Bank ablegen und ihre Lippen durch das Herz von Robert Bruce vereinen, viele fidele Tage miteinander erleben und dürfen Hand in Hand hinunterwärts schwanken wie das unsterbliche Anderson-Paar.*

Der Text des vorgeschriebenen Eides war auf den Stufen eingraviert, so dass das sitzende Paar ihn leicht ablesen konnte:

*Dû bist mîn, ich bin dîn:*
*des solt dû gewis sîn.*
*dû bist beslozzen*
*in mînem herzen:*
*verlorn ist das slüzzelîn:*
*dû muost immer drinne sîn.*

Die Idee trifft den Publikumsgeschmack, und der Ort ist gut besucht. Sonst reizt dort wenig zum Verweilen. Die Zeremonie dauert keine Minute, und an den meisten Abenden sieht man Paare, die darauf warten, dass sie an die Reihe kommen, während fremde Zungen mit einem Text kämpfen, der auf den ungeübten Lippen von Balten, Juden oder Slawen wie ein heiliger Hokuspokus klingt. Sie küssen sich durch das Loch und machen Platz für das nächste Paar, oft in stummer Ehrfurcht vor dem Mysterium, das sie soeben zelebriert haben. Hier singt kein Vogel. Stattdessen geistert das Pfeifen des Dudelsacks durch die Kiefern und die übriggebliebenen baumhohen Heidesträucher.

Wenige Tage nach dem Essen mit Mr. Joyboy führte eine aufs Neue entschlossene Aimée Dennis hierher, und als dieser die eingravierten Zitate überflog, an denen es, wie üblich in den Elysischen Gefilden, nicht mangelte, war er dankbar, dass ein natürlicher Widerwille gegen Altertümeleien ihn davor bewahrt hatte, sich für sein Liebeswerben Zeilen von Robert Burns oder gar einem Minnesänger auszuleihen.

Sie warteten, bis sie an der Reihe waren, und setzten sich Seite an Seite auf den Doppelthron. »Ich bin dîn, dû bist mîn«, flüsterte Aimée. Höchst appetitlich tauchte ihr Gesicht in dem kleinen Fenster auf. Sie küssten sich, dann stiegen sie ernst hinab und gingen durch die wartenden Paare hindurch, ohne sie mit ihren Blicken zu streifen.

»Was ist mit fidele Tage gemeint, Dennis?«

»Ich hab mir nie die Mühe gemacht nachzufragen. So was wie Hogmanay, denke ich.«

»Und was ist das?«

»Wenn in Glasgow die Leute auf den Gehsteig kotzen.«

»Oh.«

»Weißt du, wie das Gedicht mit den fidelen Tagen endet? ›Wir schwanken Hand in Hand, John, Den Berg hinunterwärts, Und schlafen dort zusammen, John Anderson, mein Herz.‹«

»Dennis, wieso sind alle Gedichte, die du kennst, so unanständig? Und du willst Geistlicher werden!«

»Ein konfessionsloser. Aber in dieser Angelegenheit tendiere ich zu den Wiedertäufern. Außerdem ist bei verlobten Paaren alles moralisch.«

Nach kurzem Schweigen sagte Aimée: »Ich muss noch an Mr. Joyboy schreiben und an – jemand anderen.«

Sie schrieb noch am selben Abend. Ihre Briefe wurden mit der Morgenpost ausgeliefert.

Mr. Slump sagte: »Schicken Sie ihr den üblichen Brief mit Glückwünschen und Ratschlägen.«

»Aber Mr. Slump, sie heiratet den falschen.«

»Darauf braucht man ja nicht herumzureiten.«

Fünf Meilen entfernt deckte Aimée die erste Leiche des Tages auf. Sie kam von Mr. Joyboy und trug einen Gesichtsausdruck so bodenlosen Wehs, dass es ihr das Herz zusammenschnürte.

# 8

Mr. Slump kam zu spät und war verkatert.

»Schon wieder ein Brief von unserem Liebchen Thanatogenos«, sagte Mr. Slump. »Ich dachte, mit diesem Fräulein wären wir fertig.«

*Lieber Guru Brahma,*

*vor drei Wochen schrieb ich Ihnen alles wäre in Ordnung und ich hätte mich entschlossen und wäre glücklich aber ich bin immer noch unglücklich, in gewisser Weise unglücklicher als vorher. Manchmal ist mein englischer Freund ganz lieb zu mir und schreibt Gedichte aber oft will er unmoralische Dinge tun und spottet wenn ich sage nein wir müssen noch warten. Ich bezweifle allmählich dass wir jemals eine richtige amerikanische Familie werden. Er sagt er will Pfarrer werden. Also wie ich Ihnen ja geschrieben habe bin ich modern und habe deshalb keine Religion aber ich finde Religion ist nichts über was man spotten darf weil es manche Leute sehr glücklich macht und auf dieser Stufe der Evolution können nicht alle Menschen modern sein. Er ist noch kein Pfarrer aber er sagt zuerst muss er was erledigen was er jemand versprochen hat. Aber er sagt nicht was und manchmal frag ich mich ob es was Unrechtes ist weil er so heimlich tut.*

*Dann ist da noch meine eigene Karriere. Ich habe eine ganz einmalige Beförderung angeboten bekommen und jetzt ist nicht mehr die Rede davon. Mein Abteilungsleiter ist der Herr von dem ich Ihnen geschrieben habe der seiner Mutter im Haushalt hilft. Aber seit ich mich mit meinem englischen Freund verlobt habe und ihm das geschrieben habe redet er nicht mehr mit mir nicht mal so viel wie er aus beruflichen Gründen mit den anderen Mädchen in der Abteilung redet. Und das Haus in dem ich arbeite soll doch ein Ort der Glückseligkeit sein das ist eine der Hauptregeln! Jeder nimmt sich an diesem Herrn ein Beispiel und jetzt ist er sehr unglücklich, überhaupt nicht das wofür dieses Haus stehen soll. Manchmal schaut er sogar ein wenig schäbig aus und davon war er früher weit entfernt. Und mein Verlobter hat nichts Besseres zu tun als über seinen Namen herzlose Witze zu reißen. Außerdem mach ich mir Sorgen weil er sich so sehr für meine Arbeit interessiert. Ich meine es ist natürlich richtig wenn sich ein Mann für die Arbeit seiner Freundin interessiert aber er zeigt einfach zu viel Interesse. Ich meine es gibt in jedem Beruf bestimmte technische Einzelheiten, über die man außerhalb der Arbeit nicht reden sollte. Das mögen die Leute nicht und genau nach diesen Einzelheiten fragt er ständig…*

»So sind die Frauen«, sagte Mr. Slump. »Es bricht ihnen einfach das Herz, wenn sie einem Mann den Laufpass geben.«

An Aimées Arbeitstisch wartete oft eine Botschaft auf sie. Wenn sie am Abend zuvor leicht angesäuert auseinandergegangen waren, schrieb Dennis, ehe er zu Bett ging, ein Gedicht ab, und gab es auf dem Weg zur Arbeit im Leichenhaus ab. Diese Zettel mit seiner schönen Schrift mussten nun das verschwundene Lächeln ersetzen; die Verewigten auf den Rollwagen waren jetzt genauso vergrämt und vorwurfsvoll wie ihr Herr.

Als Aimée an diesem Morgen, noch gekränkt von dem Gezänk am Vorabend, in der Arbeit erschien, warteten ein paar Verse auf sie. Sie las sie, und wieder öffnete sich ihr Herz für ihren Liebsten.

*Aimée, ach, deiner Schönheit Ruhm*
*Den Barken von Nikäa gleicht…*

Mr. Joyboy durchschritt im Straßenanzug und offenbar auf dem Weg nach draußen die Kosmetikabteilung. Sein Gesicht war in gramer Düsternis erstarrt. Aimée lächelte schüchtern und entschuldigend; er nickte würdevoll und ging vorüber, und dann schrieb sie, einer Eingebung folgend, oben über die Gedichtzeilen: *Versuchen Sie mich zu verstehen, Aimée*, huschte in den Balsamierungsraum und legte das Papier ehrfürchtig auf das Herz eines Leichnams, der dort darauf wartete, dass sich Mr. Joyboy seiner annahm.

Eine Stunde später kehrte Mr. Joyboy zurück. Sie hörte, wie er den Raum betrat, hörte, wie er die Hähne aufdrehte. Erst beim Lunch begegneten sie einander.

»Dieses Gedicht«, sagte er, »war eine sehr schöne Idee.«

»Das hat mein Verlobter geschrieben.«

»Der Brite, mit dem Sie am Dienstag zusammen waren?«

»Ja, in England ist er ein sehr berühmter Dichter.«

»Tatsächlich? Ich kann mich nicht erinnern, dass ich jemals einen britischen Dichter kennengelernt hätte. Ist das alles, was er macht?«

»Er wird Pfarrer werden.«

»Aha. Hören Sie, Aimée, falls Sie noch mehr von seinen Gedichten haben, würde es mich freuen, wenn ich sie sehen dürfte.«

»Aber Mr. Joyboy, ich wusste gar nicht, dass Sie ein Freund von Gedichten sind.«

»Kummer und Enttäuschung machen einen Menschen eben empfänglich für Poesie.«

»Ich habe viele davon. Ich bewahre sie hier auf.«

»Ich würde sie mir wirklich gern genauer ansehen. Gestern Abend war ich im Knife and Fork Club beim Dinner und habe einen sehr belesenen Herrn aus Pasadena kennengelernt. Dem würde ich sie gern zeigen. Vielleicht kann er Ihrem Freund irgendwie helfen.«

»Ach, Mr. Joyboy, das ist aber wirklich großzügig von Ihnen.« Sie schwieg. Seit dem Tag ihrer Verlobung hatten sie nicht mehr so viele Worte gewechselt. Der Edelmut dieses Mannes überwältigte sie erneut. »Ich hoffe, Mrs. Joyboy geht es gut?«, fragte sie verlegen.

»Nein, Mamma geht es heute gar nicht gut. Sie erinnern sich an Sambo, ihren Papagei?«

»Selbstverständlich.«

»Er ist verstorben. Er war natürlich ziemlich alt, irgendwas über hundert, aber das Ende kam plötzlich. Mrs. Joyboy geht das sehr nahe.«

»Ach, das tut mir leid.«

»Ja, es geht ihr sehr nahe. Ich habe sie noch nie so niedergeschlagen erlebt. Heute Vormittag habe ich die Entsorgung veranlasst. Deswegen war ich unterwegs, ich musste in die Ewigen Jagdgründe. Die Bestattung ist am Mittwoch. Ich habe mir überlegt, Miss Thanatogenos … Mamma kennt in diesem Staat nicht so viele Leute. Sie würde eine Freundin bei der Bestattung bestimmt sehr zu schätzen wissen. Er war ein geselliger Vogel, als er noch ein bisschen jünger war. Auf den Partys drüben an der Ostküste amüsierte er sich immer ungemein. Es wäre ziemlich bitter, wenn bei dieser letzten Zeremonie niemand zugegen wäre.«

»Aber Mr. Joyboy, ich komme natürlich gern.«

»Wirklich, Miss Thanatogenos? Also, das finde ich wirklich nett von Ihnen.«

Und so kam Aimée zu guter Letzt doch noch in die Ewigen Jagdgründe.

## 9

Aimée Thanatogenos sprach die Sprache von Los Angeles; die spärliche Möblierung ihres Kopfes – die Gegenstände, an denen sich der Eindringling die Schienbeine aufschürfte – hatte sie auf der hiesigen Highschool und der Universität erworben. Sie präsentierte sich der Welt genau so angezogen und parfümiert, wie es die Werbung befahl; Gehirn und Körper waren vom Standardprodukt kaum zu unterscheiden, aber die Seele! – ach, die Seele war eine Sache für sich, dergleichen fand sich nur in weiter Ferne, nicht hier in den moschusduftenden Obstgärten der Hesperiden, sondern einzig in der Bergluft von Hellas, wo im Morgenrot hoch oben über den Gipfeln die Adler kreisten. Eine Nabelschnur aus Cafés, Obstläden und zwielichtigen Geschäften (Hehlerei und Kuppelei) verband Aimée, ohne dass sie es wusste, mit der Elite ihres Volkes. Als sie heranwuchs, vermochte die einzige Sprache, die sie kannte, ihre reifenden Bedürfnisse immer weniger auszudrücken; die Tatsachen, die ihr Gedächtnis zumüllten, verloren an Bedeutung; die Gestalt, die sie im Spiegel sah, schien ihr kaum noch vertraut. Aimée zog sich in ein erhabenes, heiliges Refugium zurück.

So kam es, dass die Entlarvung des Mannes, den sie liebte und an den sie mit zärtlichen Gelübden gebunden war, nur einen Teil von ihr traf. Dass er ein Lügner und Betrüger war, brach ihr vielleicht das Herz, aber dieses Herz war nur ein kleines, preiswertes Organ aus heimischer Produktion. Auf einer weitreichenderen, übergeordneten Ebene hatte sie das Gefühl, dass die Dinge einfacher geworden waren. Sie hatte mit ihrer Person eine wertvolle Nutzungserlaubnis zu vergeben, und um zwischen den rivalisierenden Bewerbern gerecht zu wählen, hatte sie gewissenhafte Überlegungen angestellt. Nun war für Zweifel kein Platz mehr. Die wollüstigen, verführerischen Töne des *Dschungelgifts* wurden zum Schweigen gebracht.

Ihren letzten Brief an Guru Brahma schrieb sie allerdings in der Sprache, mit der sie aufgewachsen war.

Mr. Slump war schlecht rasiert; Mr. Slump war alles andere als nüchtern. »Slump lässt sich gehen«, sagte der Redaktionsleiter. »Er soll sich zusammenreißen, sonst fliegt er raus.« Nicht ahnend, welches Schicksal ihm drohte, sagte Mr. Slump: »Um Himmels willen, schon wieder die Thanatogenos. Was sagt sie, Schätzchen? Ich kann heute Morgen irgendwie nicht lesen.«

»Sie schreibt von einem bösen Erwachen, Mr. Slump. Der Mann, von dem sie geglaubt hat, sie liebt ihn, hat sich als Lügner und Betrüger erwiesen.«

»Ach Gott … Sagen Sie ihr, sie soll den anderen Kerl heiraten.«

»Genau das hat sie anscheinend vor.«

Die Verlobung von Dennis und Aimée war niemals in einer Zeitung bekanntgegeben worden und bedurfte keines öffentlichen Widerrufs. Die Verlobung von Mr. Joyboy und Aimée dagegen füllte eineinhalb Spalten in der *Bestatterzeitung*, im *Sarg* erschien ein Foto, und die hauseigene Zeitschrift *Elysisches Raunen* widmete der Romanze fast eine ganze Nummer. Das Datum für die Trauung in der University Church wurde festgelegt. Mr. Joyboy war als Baptist erzogen worden, und der Geistliche, der die toten Baptisten beerdigte, bot freudig seine Dienste an. Die Chefgarderobiere fand ein weißes Schlummergewand für die Braut. Dr. Kenworthy ließ durchblicken, dass er die Absicht habe, persönlich an der Trauung teilzunehmen. Die Leichen, die jetzt zu Aimée zur Behandlung kamen, grinsten sie triumphierend an.

Während der ganzen Zeit kam es zu keiner Begegnung zwischen Dennis und Aimée. Sie hatte ihn zum letzten Mal am Grab des Papageis gesehen, wo er ihr scheinbar völlig unverfroren über dem pompösen kleinen Sarg zugezwinkert hatte. Innerlich jedoch war es ihm sehr wohl peinlich, und er hielt es für besser, sich ein, zwei Tage zurückzunehmen. Dann sah er die Verlobungsanzeige.

Es war nicht leicht für Aimée, jemandem ein Gespräch zu verweigern. Ihre Lebensumstände waren nicht so, dass sie sagen konnte: »Für Mr. Barlow bin ich nicht zu sprechen«; sie konnte ihrem Personal nicht befehlen, ihn nicht einzulassen, denn sie hatte kein Personal. Wenn das Telefon klingelte, hob sie ab. Sie musste essen. Sie musste einkaufen. In beiden Fällen war sie leichte Beute für jene freundlichen, scheinbar zufälligen Begegnungen, an denen der amerikanische Alltag so reich ist. Eines Abends, kurz vor dem Hochzeitstermin, lauerte Dennis ihr auf, folgte ihr zu einem Nutburger-Imbiss und setzte sich auf den Hocker neben ihr.

»Hallo, Aimée. Ich möchte mit dir reden.«

»Nichts, was du sagen könntest, hat noch irgendeine Bedeutung.«

»Aber, mein liebes Mädchen, du scheinst vergessen zu haben, dass wir verlobt sind. Meine theologischen Studien schreiten zügig voran. Der Tag, an dem ich Anspruch auf dich erheben kann, steht kurz bevor.«

»Eher sterbe ich.«

»Ja, ich gestehe, diese Alternative habe ich übersehen. Weißt du, dass ich zum ersten Mal einen Nutburger esse? Ich habe mich oft gefragt, was das eigentlich ist. Es ist weniger die Tatsache, dass er so eklig ist, als die absolute Abwesenheit von Geschmack, die einen schockiert. Aber damit wir uns richtig verstehen: Leugnest du, dass du feierlich geschworen hast, mich zu heiraten?«

»Ein Mädchen kann doch seine Meinung ändern, oder nicht?«

»Ehrlich gesagt, glaube ich das nicht. Du hast ein sehr feierliches Gelöbnis abgelegt.«

»Unter Vorspiegelung falscher Tatsachen. All diese Gedichte, die du mir geschickt und angeblich für mich geschrieben hast, die ich so feinsinnig fand, dass ich sie sogar teilweise auswendig gelernt habe – die sind alle von anderen Leuten, manchmal von welchen, die schon Hunderte von Jahren tot sind. Noch nie hat mich etwas so verletzt wie diese Entdeckung.«

»Das ist also das Problem?«

»Und diese entsetzlichen Ewigen Jagdgründe. Ich gehe jetzt. Ich möchte nichts mehr essen.«

»Das Lokal hast du ausgesucht. Wenn ich dich eingeladen habe, dann nie zu Nutburgers, oder?«

»Sehr oft war ich es, die *dich* eingeladen hat.«

»Das spielt keine Rolle. Aber solange du so heulst, kannst du nicht auf die Straße. Mein Wagen steht gegenüber. Ich bringe dich nach Hause.«

Sie traten hinaus auf den neonbeleuchteten Boulevard. »Komm, Aimée«, sagte Dennis, »wir wollen uns doch nicht kabbeln.«

»Kabbeln? Ich hasse alles an dir.«

»Als wir uns das letzte Mal gesehen haben, waren wir verlobt. Ich denke, ich habe ein Recht auf eine Erklärung. Bisher hast du dich nur beschwert, weil ich nicht der Verfasser von einigen weltberühmten Gedichten bin. Aber ich frage dich – hat sie etwa dein Popjoy geschrieben?«

»Auf jeden Fall sollte ich glauben, du hättest sie geschrieben.«

»Das siehst du ganz falsch, Aimée. Wenn hier jemand enttäuscht sein darf, dann ich, weil ich meine Liebe an ein Mädchen verschwendet habe, das keine Ahnung von den gängigsten Schätzen der Weltliteratur hat. Aber ich weiß, ihr habt hier andere Bildungsmaßstäbe als die, an die ich gewöhnt bin. Zweifelsohne verstehst du mehr von Psychologie und Chinesisch. Doch bei dem aussterbenden Volk, dem ich entstamme, ist das Zitieren ein nationales Laster. Früher waren es die römischen und griechischen Klassiker, jetzt sind es Gedichte.«

»Ich glaube dir gar nichts mehr.«

»Was, verdammt noch mal, glaubst du nicht?«

»Ich glaube nicht mehr an dich.«

»Ah, das ist etwas anderes. Es ist ein großer Unterschied zwischen ›jemandem glauben‹ und ›an jemanden glauben‹.«

»Ach, hör auf mit deiner Vernünftelei.«

»Bitte sehr.« Dennis fuhr an den Straßenrand und versuchte sie in den Arm zu nehmen. Sie wehrte sich wild und gelenkig. Er ließ sie los und zündete sich eine Zigarette an. Aimée schluchzte in ihrer Ecke und sagte auf einmal: »Dieses furchtbare Begräbnis.«

»Der Joyboy-Papagei? Ja. Ich glaube, das kann ich erklären. Mr. Joyboy wollte einen offenen Sarg. Ich habe ihm abgeraten, schließlich kenne ich mich aus. Ich bin vom Fach. Ein offener Sarg ist schön und gut für Hunde und Katzen, die sich von Natur aus hinlegen und zusammenrollen. Papageien tun das nicht. Die sehen mit dem Kopf auf einem Kissen völlig absurd aus. Aber ich bin gegen eine Mauer aus Snobismus angerannt. Wie es in den Elysischen Gefilden gehalten wird, so muss es auch in den Ewigen Jagdgründen geschehen. Oder meinst du, das Ganze war eine Falle? Vielleicht wollte dieses scheinheilige Ekel sogar, dass der arme Papagei so absurd aussieht, um mich in deinen Augen zu erniedrigen. Ich glaube, so war es. Wer hat dich überhaupt zu der Bestattung eingeladen? Kanntest du den verstorbenen Papagei?«

»Wenn ich mir vorstelle, dass du die ganze Zeit, in der wir miteinander ausgegangen sind, insgeheim dort gearbeitet hast …«

»Meine Liebe, du als Amerikanerin solltest die Letzte sein, die einen Mann verachtet, weil er sich von ganz unten hocharbeitet. Ich kann nicht behaupten, im Bestattungswesen eine so bedeutende Position innezuhaben wie dein Mr. Joyboy, aber ich bin jünger, sehe viel besser aus und kaue noch mit meinen eigenen Zähnen. Ich habe eine Zukunft in der konfessionslosen Kirche. Wahrscheinlich bin ich längst Erzkaplan in den Elysischen Gefilden, wenn Mr. Joyboy immer noch Leichen ausspült. Ich habe das Zeug zu einem großen Prediger – so in der metaphysischen Art des 17. Jahrhunderts, die mehr an das Denkvermögen appelliert als an das primitive Gefühl. So wie William Laud – feierlich, weitschweifig, geistreich und unvoreingenommen. Ich habe schon ausgiebig über meine Gewandung nachgedacht, weite Ärmel, glaube ich ...«

»Ach, sei still. Du ödest mich an.«

»Aimée, als dein künftiger Gatte und Seelsorger muss ich dir sagen, so redet man nicht mit dem Mann, den man liebt.«

»Ich liebe dich nicht.«

»›Dû bist mîn, ich bin dîn, des solt dû gewis sîn.‹«

»Ich habe keine Ahnung, was das heißt.«

»›Dû bist beslozzen in mînem herzen.‹ Das ist ziemlich deutlich. Das wirst du doch verstehen, oder? Recht viel anders sprechen die Schlagersänger es auch nicht aus. ›Verlorn ist das slüzzelîn.‹ Das letzte Wort ist zugegeben ein bisschen schwer verständlich, aber der gesamte Sinn dürfte auch dem verstocktesten Griesgram klar sein. Hast du das Herz von Robert Bruce vergessen?«

Das Schluchzen verebbte, und die nachfolgende Stille verriet Dennis, dass in dem feinen, einfältigen Köpfchen in der Ecke Denkprozesse in Gang geraten waren. »Hat Bruce das Gedicht geschrieben?«, fragte sie schließlich.

»Nein. Aber das spielt keine Rolle.«

Wieder Schweigen. »Hat dieser Bruce auch gesagt, wie man das Gelöbnis umgehen kann?«

Dennis hatte der Zeremonie an der Kirk o' Auld Lang

Syne keinen großen Wert beigemessen. Er hatte sie aus einer Laune heraus vorgeschlagen. Jetzt aber stürzte er sich darauf. »Hör zu, du bezauberndes, hoffnungsloses Geschöpf. Du steckst in einem Dilemma. Das ist europäisch für Zwickmühle.«

»Bring mich heim.«

»Gut, gut, ich kann das auch beim Fahren erklären. Du hältst die Elysischen Gefilde für die wunderbarste Sache auf Erden. Das verstehe ich. Auf meine spröde englische Art teile ich deine Begeisterung. Ich habe ein Werk zu diesem Thema geplant, aber leider kann ich nicht wie Dowson sagen: ›Wenn du es jemals liest, so wirst du es verstehn.‹ Du wirst es nie verstehen, meine Liebe, kein Wort davon. Doch das nur nebenbei. Dein Mr. Joyboy verkörpert also die Idee der Elysischen Gefilde, er ist der vermittelnde Geist zwischen Dr. Kenworthy und der gemeinen Menschheit. Tja, wir sind besessen von den Elysischen Gefilden, wir sind es beide, ›halb verliebt in einen sanften Tod‹, wie ich dir mal geschrieben habe – und um weitere Schwierigkeiten zu vermeiden, will ich gleich klarstellen, dass ich auch dieses Gedicht nicht verfasst habe –, du bist die Tempeltänzerin und Vestalin dieser Örtlichkeit, und logischerweise fühle ich mich zu dir hingezogen und du fühlst dich zu Mr. Joyboy hingezogen. Jeder Psychologe kann dir sagen, dass so etwas tagtäglich passiert.

Kann sein, dass ich nach den Maßstäben des Träumers Charakterfehler habe. Der Papagei sah furchtbar aus in seinem Sarg. Na und? Du hast mich geliebt und mir ewige Liebe geschworen, mit dem heiligsten Eid in der Religion der Elysischen Gefilde. Das ist eben das Dilemma oder die Zwickmühle oder Sackgasse. Ein heiliges Gelübde darf der Mensch nicht brechen. Wenn es kein heiliger Akt war, mich durch das Herz von Bruce zu küssen, dann ist es auch nicht heilig, mit dem alten Joyboy ins Bett zu gehen.«

Immer noch Schweigen. Dennis hatte sie weit mehr beeindruckt als erwartet.

»Wir sind da«, sagte er schließlich und hielt vor Aimées Wohnblock. Behutsame Annäherungsversuche waren jetzt nicht angezeigt, das war ihm klar. »Raus mit dir.«

Aimée sagte nichts und rührte sich eine Weile nicht. Dann flüsterte sie: »Du könntest mich freigeben.«

»Tja, das tue ich aber nicht.«

»Auch nicht, wenn du weißt, dass ich dich restlos vergessen habe?«

»Hast du aber nicht.«

»Doch. Wenn ich mich umdrehe, weiß ich nicht mal mehr, wie du aussiehst. Wenn du nicht da bist, denk ich gar nicht an dich.«

Allein in der Betonzelle, die sie ihre Wohnung nannte, wurde Aimée Opfer tausend tödlicher Zweifel. Sie schaltete das Radio an, und ein blinder Sturm teutonischer Leidenschaft sprang sie an und trieb sie an den Rand des Wahnsinns. Dann hörte er plötzlich auf. »Diese Übertragung wurde ermöglicht von *Kaisers kernlosen Pfirsichen.* Denken Sie daran: Kein anderer Pfirsich ist vollkommen und absolut kernlos. Nur mit *Kaisers kernlosen Pfirsichen* bezahlen Sie das volle Gewicht an saftigem Pfirsichfleisch und nichts sonst …«

Sie ging zum Telefon und wählte Mr. Joyboys Nummer.

»Bitte, bitte, komm zu mir. Ich hab solche Sorgen.«

Aus dem Hörer drang babylonisches Stimmengewirr, menschliches und nicht menschliches, und dazwischen eine gedämpfte Stimme: »Sprich lauter, Schnuckelmäuschen, ich versteh dich nicht richtig.«

»Es geht mir so schlecht.«

»Ich kann hier kaum was hören, Schnuckelmäuschen. Mamma hat einen neuen Vogel und versucht, ihm das Sprechen beizubringen. Vielleicht lassen wir es jetzt lieber, was immer es ist, und besprechen es morgen.«

»Bitte, Lieber, komm jetzt gleich, geht das nicht?«

»Aber Schnuckelmäuschen, ich kann doch Mamma an dem Abend, wo sie einen neuen Vogel bekommen hat, nicht allein lassen! Wie würde sie sich da fühlen? Es ist ein großer Abend für Mamma, Schnuckelmäuschen. Ich muss bei ihr bleiben.«

»Es geht um unsere Hochzeit.«

»Ja, Schnuckelmäuschen. Das habe ich mir fast schon gedacht. Da tauchen so viele kleine Probleme auf. Morgen früh sieht alles wieder anders aus. Schlaf gut, mein Schnuckelmäuschen.«

»Ich muss dich sehen.«

»Jetzt hör mir mal zu, Schnuckelmäuschen. Ich muss jetzt streng mit dir sein. Du machst jetzt sofort, was der Pappa sagt, sonst wird der Pappa ganz böse!«

Sie legte auf und flüchtete sich erneut in die Große Oper; die brausenden Töne saugten sie auf und betäubten sie. Es war zu viel. In der Stille danach erholte sich ihr Kopf ein bisschen. Wieder ans Telefon. Die Lokalzeitung.

»Ich möchte mit Guru Brahma sprechen.«

»Aber der arbeitet abends nicht. Tut mir leid.«

»Es ist sehr wichtig. Können Sie mir seine Privatnummer geben?«

»Es gibt zwei Gurus. Welchen wollen Sie?«

»Zwei? Das wusste ich nicht. Ich möchte den, der die Briefe beantwortet.«

»Das wäre dann wohl Mr. Slump. Aber der arbeitet ab morgen nicht mehr hier, und um diese Zeit ist er sowieso nicht daheim. Sie können es in Mooney's Saloon versuchen. Da gehen die Redakteure abends meistens hin.«

»Und sein richtiger Name ist Slump?«

»Hat er zumindest gesagt, Kleine.«

Mr. Slump war an diesem Tag entlassen worden. Jeder in der Redaktion hatte längst damit gerechnet, nur Mr. Slump nicht, der nun die Geschichte dieses Verrats in mehrere teilnahmslose Kneipen trug.

Der Barmann sagte: »Ein Anruf für Sie, Mr. Slump. Sind Sie da?«

In seiner gegenwärtigen Gemütsverfassung erschien es Mr. Slump wahrscheinlich, dass es sich um seinen reuigen Verleger handelte; er griff über den Tresen nach dem Hörer.

»Mr. Slump?«

»Ja.«

»Endlich habe ich Sie gefunden. Ich bin Aimée Thanatogenos ... Sie erinnern sich an mich?«

Es war ein einprägsamer Name. »Natürlich«, sagte Mr. Slump schließlich.

»Mr. Slump, ich bin in großer Not. Ich brauche Ihren Rat. Sie erinnern sich an den Engländer, von dem ich Ihnen erzählt habe ...«

Mr. Slump hielt den Hörer seinem Nachbarn ans Ohr,

grinste, zuckte die Schultern und legte ihn schließlich auf den Tresen, zündete sich eine Zigarette an, trank sein Glas leer und bestellte sich ein neues. Leises, banges Gemurmel stieg von dem schmutzigen Holz auf. Aimée brauchte eine Weile, bis sie ihre missliche Lage geschildert hatte. Dann hörten die gleichmäßig dahinfließenden Laute auf und wichen einem leisen, schubweisen Flüstern. Mr. Slump griff wieder zum Hörer. »Hallo ... Mr. Slump ... Hören Sie? ... Haben Sie mich verstanden? ... Hallo.«

»Ja, Kleine, was ist denn?«

»Haben Sie gehört, was ich gesagt habe?«

»Klar, ich hab's genau gehört.«

»Ja ... und was soll ich tun?«

»Tun? Ich werd dir sagen, was du tun sollst. Nimm den Lift in den obersten Stock. Such dir ein schönes Fenster und spring raus. Das kannst du tun.«

Es kam ein leises, geschluchztes »Huch!« und dann ein ruhiges: »Danke.«

»Ich hab ihr gesagt, sie soll wo runterspringen.«

»Haben wir gehört.«

»War das nicht richtig?«

»Du wirst es am besten wissen, Kumpel.«

»Mit so einem Namen aber auch, Herrgott noch mal!«

In Aimées Badezimmerschrank lag zwischen allerlei Gerätschaften und Chemikalien für das weibliche Wohlergehen das braune Röhrchen mit Barbituraten, das wichtigste Utensil für den weiblichen Schlaf. Aimée schluckte ihre Dosis, legte sich hin und wartete auf den Schlaf. Endlich kam er, jählings, oberflächlich, grußlos und lieblos. Kein köstliches

Ansteigen der Flut, die das auf Grund gelaufene Denken langsam erreichte, verschob, anhob, befreite und wieder flottmachte. Um zwanzig vor zehn abends war sie wach und verzweifelt und fühlte ein schmerzhaft trockenes Spannen in den Schläfen, ihre Augen tränten, sie gähnte. Und plötzlich war es 5.25 Uhr früh, und sie war wieder wach.

Es war noch dunkel, keine Sterne waren zu sehen, und die leeren Straßen loderten vor Licht. Aimée stand auf, zog sich an und ging hinaus unter die Bogenlampen. Auf dem kurzen Weg von ihrer Wohnung zu den Elysischen Gefilden begegnete sie niemandem. Das Goldene Tor war von Mitternacht bis morgens zugesperrt, aber für das Nachtpersonal gab es eine Seitentür, die immer offen war. Aimée trat ein und folgte dem vertrauten Weg hinauf zu der Terrasse der Kirk o' Auld Lang Syne. Hier setzte sie sich hin und wartete auf die Dämmerung.

Ihr Kopf war jetzt frei von Angst. Irgendwie, irgendwo in den leeren, schwarzen Stunden hatte sie Rat gefunden. Vielleicht hatte sie sich mit den Geistern ihrer Ahnen besprochen, den gottlosen, gehetzten Stämmen, die die alten Altäre verlassen hatten, an Bord gegangen und umhergezogen waren, getrieben von wer weiß welchen jagenden Furien durch wer weiß welche schäbigen Straßen mit wer weiß welchen barbarischen Sprachen. Ihr Vater hatte den Tempel der Four Square Gospel Kirche besucht, ihre Mutter hatte getrunken. Griechische Stimmen flüsterten Aimée ein, sie sei zu Höherem bestimmt, Stimmen, die in einem fernen Land, in einer fernen Zeit vom Minotaurus gesungen hatten, der tief unter der Erde durch seinen Stollen stampfte, und die ihr nun lockend von den stillen bötischen Gestaden sangen, von den schweigenden Bewaffneten in der windstillen Morgendämmerung, von einer regungslos vor Anker liegenden Flotte, von Agamemnon, der die Augen abwandte, und von Alkestis und der stolzen Antigone.

Im Osten wurde es hell. Im Kreislauf des Tages sind allein diese frühen Stunden vom Menschen unberührt. Man geht spät zu Bett in diesem Landstrich. Von Hochgefühl erfüllt sah Aimée zu, wie die zahllosen Statuen schimmerten, weiß wurden und Gestalt annahmen, während sich der Rasen von silbern über grau zu grün verfärbte. Sie spürte Wärme. Dann wurde plötzlich alles um sie herum, alle Hänge, so weit sie sehen konnte, von Licht überzogen, Licht aus Millionen winziger Regenbogen und Feuerflecken. In der Schaltzentrale hatte der zuständige Mann die Bewässerungshähne aufgedreht, und das Wasser schoss durch das Netz aus perforierten Bodenröhren. Gleichzeitig tauchten Scharen von Gärtnern mit Schubkarren und Gerätschaften auf und machten sich auf den Weg zu ihren verschiedenen Aufgaben. Es war heller Tag.

Aimée ging rasch über die Kiesauffahrt zum Eingang des Leichenhauses. An der Rezeption tranken die Nachtwächter Kaffee. Sie blickten sie gleichgültig an, als sie schweigend an ihnen vorüberging; zu allen Zeiten gab es Dringendes zu erledigen. Sie nahm den Lift in das oberste Stockwerk, wo alles still war und leer bis auf die zugedeckten Toten. Sie wusste, was sie brauchte und wo sie es fand, eine blaue Flasche mit weitem Hals und eine Spritze. Sie verfasste keinen Abschieds- oder Entschuldigungsbrief. Zwischenmenschliche Gepflogenheiten und Verpflichtungen waren in weite Ferne gerückt. Die Protagonisten Dennis und Mr. Joyboy waren vergessen. Es ging um sie selbst und die Gottheit, der sie gedient hatte.

Es war keine Absicht gewesen, dass sie Mr. Joyboys Arbeitsraum für die Injektion gewählt hatte.

## 10

Mr. Schultz hatte einen jungen Mann gefunden, der Dennis' Stelle übernahm, und Dennis verbrachte seine letzte Woche in den Ewigen Jagdgründen damit, diesem die Spielregeln beizubringen. Es war ein fähiger junger Bursche, der sich vor allem sehr für Preise interessierte.

»Er hat nicht Ihre Persönlichkeit«, sagte Mr. Schultz. »Er wird nie dieses gewisse menschliche Etwas haben, aber ich schätze, er wird sich auf andere Weise bezahlt machen.«

Am Morgen von Aimées Tod wies Dennis seinen Lehrling an, den Generator des Krematoriums zu reinigen, und vertiefte sich gerade in das kürzlich begonnene Fernstudium für Prediger, als die Bürotür aufging und er zu seinem großen Erstaunen seinen entfernten Bekannten und Nebenbuhler Mr. Joyboy erblickte.

»Mr. Joyboy«, sagte er. »Doch nicht schon wieder ein Papagei?«

Mr. Joyboy setzte sich. Er sah gespenstisch aus. Als er merkte, dass sie allein waren, begann er zu flennen. »Es ist Aimée«, sagte er.

Dennis antwortete denkbar ironisch: »Sind Sie etwa gekommen, um *ihr* Begräbnis zu regeln?«, woraufhin Mr. Joyboy plötzlich wütend aufheulte: »Sie wussten es. Ich glaube,

Sie haben sie umgebracht. Sie haben mein Schnuckelmäuschen umgebracht.«

»Joyboy, das sind starke Worte.«

»Sie ist tot.«

»Meine Verlobte?«

»*Meine* Verlobte.«

»Joyboy, das ist nicht der richtige Zeitpunkt für Hahnenkämpfe. Wie kommen Sie auf den Gedanken, sie sei tot? Gestern Abend beim Essen war sie noch vollkommen gesund.«

»Sie liegt in meinem Arbeitsraum unter einem Tuch.«

»Das klingt allerdings nach – wie sagt man hier? – nach einem Tatsachenbericht. Sind Sie sicher, dass es Aimée ist?«

»Natürlich bin ich sicher. Vergiftet.«

»Ah! Der Nutburger?«

»Zyankali. Selbst gespritzt.«

»Das gibt mir zu denken, Joyboy.« Er schwieg. »Ich habe dieses Mädchen geliebt.«

»*Ich* habe sie geliebt.«

»*Bitte!*«

»Sie war mein Schnuckelmäuschen.«

»Ich muss Sie bitten, derlei private und etwas seltsame Kosenamen tunlichst nicht in ein ernstes Gespräch einfließen zu lassen. Was haben Sie gemacht?«

»Ich habe sie untersucht und dann zugedeckt. Wir haben einige Tiefkühlschränke für halbfertige Arbeiten. Dort hab ich sie hineingeschoben.« Er begann ungestüm zu weinen.

»Wieso sind Sie zu mir gekommen?«

Mr. Joyboy schnaubte.

»Ich verstehe Sie nicht.«

»Hilfe«, sagte Mr. Joyboy. »Sie sind schuld. Sie müssen etwas tun.«

»Das ist nicht der rechte Zeitpunkt für Schuldzuweisungen. Ich möchte nur darauf hinweisen, dass Sie der Mann sind, mit dem sie offiziell verlobt war. Unter diesen Umständen ist eine gewisse Gemütsbewegung durchaus natürlich – aber treiben Sie es nicht auf die Spitze. Allerdings habe ich sie nie für ganz normal gehalten – Sie etwa?«

»Sie war mein –«

»Nein, Joyboy. Nicht noch einmal, sonst werfe ich Sie raus.«

Mr. Joyboy brach erneut in hemmungsloses Weinen aus. Dennis' Nachfolger öffnete die Tür und blieb angesichts dieses Schauspiels einen Moment verlegen stehen.

»Kommen Sie rein«, sagte Dennis. »Wir haben hier einen Kunden, der gerade sein Kuscheltier verloren hat. In Ihrer neuen Rolle müssen Sie sich an Verzweiflungsausbrüche gewöhnen. Was brauchen Sie?«

»Ich will nur sagen, dass die Gasfeuerung wieder funktioniert.«

»Wunderbar. Dann machen Sie jetzt den Transporter sauber. Joyboy«, fuhr er fort, als sie wieder allein waren, »ich flehe Sie an, nehmen Sie sich zusammen und sagen Sie mir klar und deutlich, was in Ihrem Kopf vor sich geht. Vorläufig höre ich nur eine Litanei aus Mammas und Pappas und Mäuschen.«

Mr. Joyboy gab andere Geräusche von sich.

»Das klingt wie ›Dr. Kenworthy‹. Wollten Sie das sagen?«

Mr. Joyboy schluckte.

»Dr. Kenworthy weiß es?«

Mr. Joyboy stöhnte.

»Er weiß es nicht?«

Mr. Joyboy schluckte.

»Sie möchten, dass ich ihm die Nachricht überbringe?«

Stöhnen.

»Ich soll Ihnen dabei helfen, dass er es nicht erfährt?«

Schlucken.

»Das ist ja wie beim Tischrücken …!«

»Ruin«, sagte Mr. Joyboy. »Mamma.«

»Sie meinen, Ihre Laufbahn könnte leiden, wenn Dr. Kenworthy erfährt, dass Sie die vergiftete Leiche Ihrer Verlobten im Gefrierschrank haben? Wegen Ihrer Mutter sollte man das vermeiden? Sie wollen von mir, dass ich Ihnen helfe, die Leiche verschwinden zu lassen?«

Schlucken, und dann ein Sturzbach von Wörtern. »Sie müssen mir helfen … wegen Ihnen ist es passiert … einfache kleine Amerikanerin … geklaute Gedichte … Liebe … Mamma … Mäuschen … müssen mir helfen … müssen … müssen … müssen.«

»Diese ständige ›müssen‹ gefällt mir nicht, Joyboy. Wissen Sie, was Königin Elizabeth zu ihrem – übrigens im Grunde konfessionslosen – Erzbischof gesagt hat? ›Männlein, Männlein, das Wort *müssen* hat in Gesprächen mit Fürsten nichts zu suchen.‹ Hören Sie: Hat außer Ihnen jemand Zugang zu dem Gefrierschrank?« Stöhnen. »Gut. Dann gehen Sie jetzt, Joyboy. Gehen Sie an Ihre Arbeit. Ich werde mir die Sache durch den Kopf gehen lassen. Kommen Sie nach dem Lunch wieder vorbei.«

Mr. Joyboy ging. Dennis hörte, wie der Wagen losfuhr. Dann wanderte er allein hinaus auf den Tierfriedhof, um seinen eigenen Gedanken nachzuhängen, die Mr. Joyboy nichts angingen.

Bei diesem Grübeln wurde er von einem einstmals vertrauten Besucher gestört.

Es war ein kühler Tag, und Sir Ambrose Abercrombie trug Tweedanzug, Cape und Deerstalker-Mütze, das Kostüm, in dem er so manche Karikatur des englischen Landlebens gezeichnet hatte. Er trug einen Hirtenstab bei sich.

»Ah, Barlow, sagte er. »Immer noch eifrig dabei.«

»Ein eher ruhiger Vormittag. Ich hoffe, es führt Sie kein persönlicher Verlust hierher?«

»Nein, nichts dergleichen. Habe hier nie ein Tier gehabt. Fehlt mir allerdings. Bin mit Hunden und Pferden aufgewachsen. Sie wahrscheinlich auch, deswegen werden Sie es nicht in den falschen Hals kriegen, wenn ich sage, das ist keine Gegend dafür. Herrliches Land natürlich, aber wer Hunde liebt, hält sich hier keinen.« Er schwieg und starrte neugierig auf die bescheidenen Grabmäler. »Nettes Plätzchen. Schade, dass Sie wegziehen.«

»Haben Sie meine Karte bekommen?«

»Ja, hab sie hier. Dachte erst, da macht einer einen schlechten Witz. Ist aber ernst gemeint, oder?«

Aus den Tiefen seines schottischen Tuchs zog er eine gedruckte Karte hervor und reichte sie Dennis. Darauf stand:

*Fliegermajor Hochwürden Dennis Barlow*
*erlaubt sich anzukündigen, dass er sich in Kürze in 1154 Arbuckle Avenue, Los Angeles, selbständig machen wird mit der Durchführung sämtlicher konfessionsloser Zeremonien, prompt und zu konkurrenzfähigen Preisen!*

*Spezialität: Bestattungen. Lobreden in Prosa oder Gedichtform. Beichten streng vertraulich.*

»Ja, ganz ernst«, sagte Dennis.

»Aha. Das habe ich befürchtet.«

Wieder Schweigen. Dennis sagte: »Die Karten wurden von einer Agentur verschickt, wissen Sie. Ich habe nicht angenommen, dass Sie besonders interessiert sind.«

»Aber ich bin besonders interessiert. Können wir irgendwo ungestört reden?«

Dennis fragte sich, ob Sir Ambrose wohl sein erstes Beichtkind sein würde, und führte ihn ins Haus. Die beiden Engländer setzten sich ins Büro. Sein Nachfolger steckte den Kopf herein und meldete, der Transporter sei sauber. Endlich sagte Sir Ambrose: »Das geht nicht, Barlow. Gestatten Sie mir als altem Mann ein offenes Wort. Das geht nicht. Schließlich sind Sie Engländer. Es gibt hier einen Haufen prächtiger Kerle, aber Sie wissen doch, wie es ist. Auch unter den Besten finden sich ein paar Schweinehunde. Sie kennen die internationale Lage genauso gut wie ich. Es gibt immer ein paar Politiker und Journalisten, die nur auf die Gelegenheit warten, der Alten Welt ans Schienbein zu treten. So etwas wie diese Geschichte spielt ihnen in die Hände. Es hat mir schon nicht gefallen, als Sie angefangen haben, hier zu arbeiten. Habe ich Ihnen damals offen gesagt. Aber das war zumindest eine Privatangelegenheit – mehr oder minder. Religion ist etwas ganz anderes. Vermutlich haben Sie die gemütlichen Dorfpfarrhäuser daheim vor Augen. Aber hier ist Religion nicht so. Glauben Sie mir, ich kenne Kalifornien.«

»Komisch, dass Sie das sagen, Sir Ambrose. Eines meiner Hauptziele war es, meine gesellschaftliche Stellung zu verbessern.«

»Dann lassen Sie's bleiben, mein lieber Junge, bevor es zu spät ist.« Sir Ambrose sprach nun von der industriellen Krise in England, dem Bedarf an jungen Männern und Dollars, was es für eine Schinderei sei, wenn man in der Filmbranche die Fahne hochhalten wolle. »Fahren Sie nach Hause, mein lieber Junge. Dort gehören Sie hin.«

»Es ist in der Tat so«, sagte Dennis, »dass sich bei mir einiges geändert hat, seit ich diese Ankündigung geschrieben habe. Ich spüre meine Berufung weniger deutlich.«

»Großartig«, sagte Sir Ambrose.

»Aber es ergeben sich gewisse praktische Schwierigkeiten. Ich habe all meine kargen Ersparnisse in mein Theologiestudium gesteckt.«

»So etwas habe ich mir schon gedacht. Und an dieser Stelle kommt der Cricketclub ins Spiel. Es wird hoffentlich nie so weit kommen, dass wir einem Landsmann in Schwierigkeiten nicht bereitwillig helfen könnten. Wir hatten gestern eine Sitzung, und da fiel Ihr Name. Wir waren uns alle einig. Der langen Rede kurzer Sinn, mein Junge: Wir schicken Sie nach Hause.«

»Erster Klasse?«

»Touristenklasse. Soll richtig gemütlich sein. Wie steht's?«

»Mit einem Salonwagen?«

»Ohne Salon.«

»Tja«, sagte Dennis. »Als Geistlicher muss ich mich wohl darin üben, gewisse Entbehrungen auf mich zu nehmen.«

»Das sind die Worte eines Mannes«, sagte Sir Ambrose.

»Ich habe den Scheck schon dabei. Wir haben ihn gestern Abend unterzeichnet.«

Einige Stunden später kehrte der Bestatter zurück.

»Haben Sie sich wieder unter Kontrolle? Setzen Sie sich und hören Sie mir genau zu. Sie haben zwei Probleme, Joyboy, und ich betone, es sind *Ihre* Probleme. *Sie* sind im Besitz der Leiche *Ihrer* Verlobten, und *Ihre* Karriere ist in Gefahr. Daraus ergeben sich zwei Aufgaben – die Leiche entsorgen und das Verschwinden erklären. Sie haben mich um Hilfe gebeten, und der Zufall will es, dass ich – und nur ich – Ihnen bei beidem helfen kann.

Ich verfüge hier über ein hervorragendes Krematorium. In den Ewigen Jagdgründen geht es unkompliziert zu. Es gibt keine Formalitäten. Ich komme mit einem Sarg an und sage, ›Mr. Schultz, ich hab da ein Schaf zum Verbrennen‹, dann sagt er, ›dann machen Sie mal‹. Früher neigten Sie dazu, wegen unserer unbekümmerten Verfahrensweise auf uns herabzuschauen. Jetzt empfinden Sie das vielleicht anders. Wir müssen nur unsere – wenn Sie den Ausdruck gestatten – geliebte Verewigte abholen und herbringen. Heute Abend nach Geschäftsschluss passt es gut.

Zweitens, das Verschwinden erklären. Miss Thanatogenos hatte wenige Bekannte und keine Verwandten. Sie verschwindet kurz vor ihrer Hochzeit. Man weiß, dass ich ihr zugetan war. Was ist plausibler als die Erklärung, dass ihr guter Geschmack im letzten Moment obsiegt hat und sie mit ihrem früheren Verehrer durchgebrannt ist? Dazu braucht es weiter nichts, als dass auch ich verschwinde. Niemand in Kalifornien, das wissen Sie genau, fragt jemals danach, was jenseits der Berge geschieht. Vielleicht werden Aimée und ich kurzfristig als unmoralisch verdammt. Und Sie sind vielleicht einem leicht unerwünschten Mitleid ausgesetzt. Aber damit hat's sich dann auch.

Schon seit einer Weile deprimiert mich das wenig poetische Klima in Los Angeles. Ich muss arbeiten, und dies ist nicht der Ort dafür. Nur unsere junge Freundin hat mich noch hier gehalten – sie und meine Armut. Und da wir schon von Armut sprechen, Joyboy, ich nehme an, dass Sie stattliche Ersparnisse haben?«

»Ich habe eine Lebensversicherung.«

»Wie hoch können Sie die beleihen? 5000 Dollar?«

»Nein, nein, nicht so hoch.«

»Zwei?«

»Nein.«

»Wie viel denn?«

»Vielleicht 1000.«

»Dann heben Sie die ab, Joyboy. Wir brauchen alles. Und lösen Sie bei der Gelegenheit gleich diesen Scheck ein. Zusammen wird das reichen. Es mag Ihnen sentimental erscheinen, aber ich möchte aus den Vereinigten Staaten nicht weniger stilvoll ausreisen, als ich eingereist bin. Die Elysischen Gefilde sollten in Sachen Gastfreundschaft nicht hinter den Megalopolitan Studios zurückstehen. Gehen Sie von Ihrer Bank aus sofort ins Reisebüro und lösen Sie mir zwei Fahrkarten nach England – einmal Salonwagen nach New York und von dort einmal Cunard Line, Einzelkabine mit Bad. Für anfallende Nebenkosten brauche ich reichlich Bargeld. Bringen Sie also mit den Tickets gleich den gesamten Rest mit. Alles klar? Sehr gut. Kurz nach dem

Dinner bin ich mit dem Transporter bei Ihnen am Leichenhaus.«

Mr. Joyboy erwartete Dennis am Nebeneingang des Leichenhauses. Die Elysischen Gefilde waren für die reibungslose Beförderung von Leichen ideal ausgestattet. Sie stellten Dennis' größte Transportkiste auf einen schnellen, leisen Rollwagen, erst leer, dann voll. Im Anschluss fuhren sie zu den Ewigen Jagdgründen, wo die Ausstattung etwas behelfsmäßiger war, aber gemeinsam beförderten sie ihre Last ohne größere Schwierigkeiten zum Krematorium und verstauten sie im Ofen. Dennis drehte das Gas auf und entzündete es. Von allen Seiten schossen die Flammen aus dem Mauerwerk. Er schloss die Eisentür.

»Ich schätze, dass sie anderthalb Stunden braucht«, sagte Dennis. »Möchten Sie hierbleiben?«

»Ich ertrage den Gedanken nicht, dass sie so von uns geht – sie mochte keine halben Sachen.«

»Ich habe überlegt, ob ich nicht einen Gottesdienst abhalte. Meine erste und letzte konfessionslose Amtshandlung.«

»Das würde ich nicht ertragen«, sagte Mr. Joyboy.

»Gut. Dann rezitiere ich stattdessen ein kleines Gedicht, das ich für diesen Anlass geschrieben habe.

*Aimée, ach, deiner Schönheit Ruhm*
*Den Barken von Nikäa gleicht –«*

»Halt, das können Sie nicht machen! Das ist dieses geklaute Gedicht!«

»Joyboy, bitte bedenken Sie, wo Sie sind.

*An deren Bord im Altertum*
*Der fahrtenmüde Wandrer leicht*
*Den Heimatstrand erreicht.*

Es passt wirklich bemerkenswert gut, finden Sie nicht?«

Aber Mr. Joyboy hatte das Gebäude schon verlassen.

Das Feuer brüllte im Ofen. Dennis musste warten, bis alles verbrannt war. Er musste die glühende Asche herausharken, vielleicht den Schädel und das Becken zertrümmern und die Reste verschwinden lassen. Bis es so weit war, ging er noch einmal ins Büro und machte einen Eintrag in das Buch, das dort für solche Zwecke auslag. Morgen und an jedem Jahrestag, so lange die Ewigen Jagdgründe existierten, würde Mr. Joyboy eine Postkarte erhalten: *Ihre kleine Aimée ist jetzt im Himmel, wedelt mit dem Schwänzchen und denkt an Sie.*

*»Den Barken von Nikäa gleicht«,* wiederholte er,
*»An deren Bord im Altertum*
*Der fahrtenmüde Wandrer leicht*
*Den Heimatstrand erreicht.«*

An diesem letzten Abend in Los Angeles begriff Dennis, dass er ein Glückskind war. Andere Menschen, bessere als er, hatten hier Schiffbruch erlitten und waren untergegangen. Der Strand war übersät mit ihren Gebeinen. Er verließ ihn nicht nur unversehrt, sondern bereichert. Auch er hatte ein klein wenig zum Wrackgut beigesteuert, etwas, das ihn schon lange geärgert hatte: sein junges Herz. An seiner Statt fuhr er mit der Bürde des Künstlers zurück, einem riesigen, formlosen Klumpen Erfahrung. Er brachte ihn heim an seine uralte, trostlose Küste, um ihn dort mühsam und lange zu bearbeiten, weiß Gott, wie lang. Für diesen Augenblick der Erkenntnis ist ein Leben oft zu kurz.

Er griff nach dem Roman, den Miss Poski auf seinem Tisch hatte liegen lassen, setzte sich hin und wartete darauf, dass seine Geliebte restlos verbrannte.

## *Anmerkung der Übersetzerin*

Im Original gewinnt Dennis das Herz der ahnungslosen, ungebildeten Aimée mit berühmten englischen Gedichten, die er als seine eigenen verkauft. Er zitiert Zeilen, die jeder englischsprachige Leser sofort erkennen würde. Dieser Effekt verschwindet, wenn man das Gedicht »einfach nur« ins Deutsche übersetzt, denn ein übersetztes englisches Gedicht kann der deutsche Leser nicht erkennen. Ich habe diese Verse deshalb teilweise durch deutsche Lyrik-Klassiker ersetzt – so etwa John Keats' *Ode to a Nightingale* durch *Wanderers Nachtlied* von Goethe oder die Zeile aus Shakespeares Sonett Nr. 18 »Shall I compare thee to a summer's day« durch »Kennst du das Land, wo die Zitronen blühn« (Goethe, *Mignon*).

Der Liebesschwur (*Dû bist mîn,* anonymes mittelhochdeutsches Gedicht, Ende des 12. Jahrunderts) ist im Original ein Gedicht von Robert Burns in schottischer Sprache. Hier musste der Text also nicht nur berühmt sein, sondern selbst für einen Muttersprachler schwer verständlich.

# *Evelyn Waugh im Diogenes Verlag*

## *Ausflug ins wirkliche Leben und andere Meistererzählungen*

Ausgewählt von Margaux de Weck und Daniel Kampa
Aus dem Englischen von Otto Bayer, Hans-Ulrich Möhring, Matthias Fienbork und Elisabeth Schnack

Keine Eigenart der britischen Upperclass Mitte des 20. Jahrhunderts, die dem scharfen Auge und der ebenso scharfen Feder von Evelyn Waugh entgangen wäre: seien es der Snobismus und die Skandale der Londoner Gesellschaft, die Langeweile in den Kolonien, die weltfremde Strenge der Eliteschulen, die Nachbarschafts- und Erbschaftsränke des Landadels oder die vergnügungssüchtige Jugend. Dabei zeichnet der große Satiriker und Stilist unvergessliche Porträts, wie das der jungen Dame, die sich im Laufe einer Kreuzfahrt mehrmals ver- und entlobt, oder das der exzentrischen Miss Bella, die auf ihre alten Tage noch einmal eine große Party geben will.
Wer Evelyn Waugh ins wirkliche Leben folgt, findet entlarvende Überzeichnung, unwiderstehliche Ironie, hinreißende Stimmenimitationen, schwarzen Humor und zuweilen überraschende Zärtlichkeit.

»Einer der großen Meister der englischen Prosa des 20. Jahrhunderts. Es ist nie zu spät, Evelyn Waugh zu lesen und wiederzulesen.« *Time Magazine, New York*

## *Scoop*

Roman. Deutsch von Elisabeth Schnack

William Boot, der beim *Daily Beast* eine Kolumne zum Thema Natur und Landleben hat, wird 1938 aufgrund einer Verwechslung als Kriegsberichterstatter in das afrikanische Krisengebiet Ishmaelia entsandt. Boot erweist sich entgegen allen Erwartungen seiner

Aufgabe gewachsen: Die Bekanntschaft mit einem Geschäftemacher und einer schönen Ausländerin verhilft dem belächelten Korrespondenten zu einer sensationellen Exklusivstory.
Ein respektloser, satirischer Roman über die Zeitungswelt, über Londons Fleet Street und die Pressemagnaten, über die Jagd nach dem großen Knüller.

»Der lustigste Journalisten-Roman überhaupt.«
*Christopher Schmidt / Süddeutsche Zeitung, München*

## *Scott-Kings moderne Welt*

Erzählung. Deutsch von Otto Bayer

Scott-King ist ein staubtrockener Gelehrter, wie er im Buche steht. Er ist Lehrer für Latein und Griechisch in einem englischen Internat, findet moderne Sprachen vulgär und führt ein angenehm gleichförmiges Leben. Ein Essay, den er über den obskuren Dichter Bellorius geschrieben hat, trägt ihm eine Einladung zu einem Kongress in dessen Heimatland Neutralien ein. Dort aber herrscht eine Militärdiktatur, und der aufrechte Brite findet sich bald in absurder internationaler Gesellschaft wieder, mit aufdringlicher Gastfreundschaft traktiert, für politische Zwecke vereinnahmt – und in Lebensgefahr.

## *Wiedersehen mit Brideshead*

*Die heiligen und profanen Erinnerungen des Captain Charles Ryder*

Roman. Deutsch von pociao. Mit einem Nachwort von Daniel Kampa

Eines der bedeutendsten Bücher der englischen Literatur – endlich in neuer Übersetzung. *Wiedersehen mit Brideshead* ist das englische Gegenstück zum amerikanischen *Großen Gatsby*: das Porträt der Schönen und Reichen in den Jahren zwischen den Weltkriegen, die Chronik einer Vertreibung aus dem Paradies bei Anbruch der modernen Zeit – und die Geschichte einer unmöglichen Liebe.

Charles Ryder befreundet sich in Oxford mit Sebastian Flyte und widmet fortan sein Studium mehr den Drinks als den Büchern. Als Sebastian ihn nach Brideshead in sein prächtiges Zuhause einlädt, ist Charles fasziniert von der exzentrischen aristokratischen Familie, die ihn schon bald als einen der Ihren behandelt. Doch nach und nach erkennt er die Kluft, die ihn von den Flytes trennt: Sie sind geprägt von einer Moral, in der sich Pflichtgefühl und Begehren, Glaube und Glück im Wege stehen.
Halb Beteiligter, halb Chronist, erzählt Charles Ryder von seinen Besuchen in Brideshead, von einer trügerisch leuchtenden, scheinbar unbekümmerten Welt – die schließlich unterging und nichts als verbrannte Erde zurückließ.

»*Wiedersehen mit Brideshead*: 18 Mal gelesen, 27 Mal verschenkt. Bisher.« *Astrid Rosenfeld*

»Ein großes Werk der Weltliteratur, mit Verve, mit Witz, mit Wehmut und brillanter Intelligenz erzählt.«
*Hubert Spiegel/Deutschlandfunk, Köln*

Auch als Diogenes Hörbuch erschienen,
gelesen von Sylvester Groth

## *Verfall und Untergang*

Roman. Deutsch von Andrea Ott

Was macht man, wenn man erstens Opfer eines bösen Scherzes von Mitstudenten in Oxford wird, zweitens infolgedessen ohne Hose über den Hof des Colleges rennt, drittens daraufhin wegen anstößigen Benehmens rausgeschmissen wird und viertens kein Vermögen hat? Paul Pennyfeather tritt eine Lehrstelle in Llanaba Castle an, einem Internat von zweifelhaftem Ruf in Wales. Seine Schüler sind lauter verzogene Adelssprösslinge, seine Lehrerkollegen Zyniker, Säufer oder bestenfalls Zweifler.

Da taucht am Sporttag, inmitten einer Parfümwolke, Margot Beste-Chetwynde auf, die bezaubernde Mutter eines von Pauls Schülern. Eine Romanze entspinnt sich, doch wird die Society-Lady den Lehrer wider Willen retten oder nur noch tiefer ins Verderben stürzen?

»Mit wunderbarer Leichtigkeit in Szene gesetzt, Short Cuts wechseln mit abgefeimten Dialogen, Ironie und schwarzer Humor dominieren. Kein Wort zu viel, der Autor trifft immer. Es stimmt alles an diesem kleinen, aber feinen, glasklaren, fast beiläufigen Schmuckstück britischer Prosa.«
*Bernhard Windisch / Nürnberger Nachrichten*

## *Schwarzes Unheil*

Roman. Deutsch von Irmgard Andrae

Auf Azania, einer fiktiven Insel vor der Küste Afrikas, herrscht Seth, der ›Kaiser von Sakuyu, Herr von Wanda und Tyrann der Meere und B. A. der Universität Oxford‹. Zusammen mit dem Abenteurer Basil Seal, den er während des Studiums in England kennengelernt hat, versucht er, auf der Insel die moderne Zivilisation einzuführen. Die Ideen der beiden kollidieren auf aberwitzige Weise mit dem rauhen Fels der Realität. Und der französische Konsul wittert die Chance für einen Staatsstreich.

»Nicht nur unverschämt, sondern unverschämt witzig.«
*The Times Literary Supplement*

## *Eine Handvoll Staub*

Roman. Deutsch von pociao

Tony Last liebt seine Frau Brenda, er liebt seinen kleinen Sohn, und er liebt sein schauderhaft hässliches Anwesen Hetton Abbey.
Er merkt nicht, wie satt Brenda ihr monotones Eheglück hat, auch nicht, dass sie eine Affäre mit dem jun-

gen John Beaver beginnt. Erst als ihm Brenda eröffnet, dass sie sich scheiden lassen will, und horrende Forderungen stellt, wacht Tony aus seiner Illusion auf – und beginnt sich zu wehren.
Um Abstand zu gewinnen, unternimmt er eine Weltreise und strandet in einem Indianergebiet am Amazonas, einem südamerikanischen »Herz der Finsternis«. Doch sosehr Tony Last die sogenannte Zivilisation inzwischen verabscheut, hier ist er noch hilfloser als zu Hause.

»Ein Glanzstück eleganter Satire, und noch dazu sehr lustig … Ein großartiges Buch.« *John Banville*

## *Mit wehenden Fahnen*

Roman. Deutsch von Matthias Fienbork

Basil Seal, Salonlöwe und Tunichtgut, sorgt für Turbulenzen, wo auch immer er auftaucht – sehr zur Verzweiflung der drei Frauen in seinem Leben, seiner Schwester, seiner Mutter und seiner Geliebten. Als Neville Chamberlain Deutschland 1939 den Krieg erklärt, scheint ihm das die perfekte Gelegenheit für ein wenig Action und Abenteuer. Basil folgt also mit wehenden Fahnen dem Ruf zu den Waffen. Doch zunächst passiert erst einmal gar nichts – Europa ist erstarrt im sogenannten Sitzkrieg. Wann kommt endlich Basil Seals große Chance, ein Held zu werden?

»Das Verhältnis des Autors zu seinem bevorzugten Objekt (dem britischen Adel): An Schonung ist nicht gedacht.« *Die Zeit, Hamburg*

## *Lust und Laster*

Roman. Deutsch von pociao

Als der Schriftsteller Adam Fenwick Symes mit seinem neuen Manuskript nach England einreisen will, wird es von Zolbeamten als Pornographie eingestuft und ver-

brannt. Nicht nur Adams berufliche, sondern auch seine privaten Hoffnungen gehen dabei in Flammen auf. Denn woher soll er nun das Geld nehmen, um die verwöhnte Nina Blount zu heiraten?
Nina will vor allem eins: Spaß haben. Sie liebt Adam, aber solange er ihr kein sorgenfreies Leben bieten kann, kommt eine Hochzeit nicht in Frage. Immerhin schafft er es, mit seinen Kolumnen als »Mr. Chatterbox« die Londoner Salons aufzumischen und sie damit zu amüsieren. Der Kampf um Ninas Gunst ist damit jedoch noch nicht gewonnen.

»Rasend lustig. Waugh war ein hinreißend witziger Autor. Die Dialoge in seinen frühen Romanen sind makellos. Pociao hat sie in dieser Neuübersetzung soverän in ein zeitgemäßes Deutsch gebracht.«
*Manfred Papst / NZZ am Sonntag, Zürich*

# *Ian McEwan im Diogenes Verlag*

»McEwan ist unbestritten der bedeutendste Autor Englands.« *The Independent, London*

*Der Zementgarten*
Roman. Aus dem Englischen von Christian Enzensberger

*Erste Liebe – letzte Riten*
Erzählungen. Deutsch von Harry Rowohlt

*Zwischen den Laken*
Erzählungen. Deutsch von Michael Walter und Bernhard Robben
Daraus die Erzählung *Psychopolis* auch als Diogenes Hörbuch erschienen, gelesen von Christian Ulmen

*Der Trost von Fremden*
Roman. Deutsch von Michael Walter

*Ein Kind zur Zeit*
Roman. Deutsch von Otto Bayer

*Unschuldige*
Eine Berliner Liebesgeschichte. Roman. Deutsch von Hans-Christian Oeser

*Schwarze Hunde*
Roman. Deutsch von Hans-Christian Oeser

*Der Tagträumer*
Erzählung. Deutsch von Hans-Christian Oeser
Auch als Diogenes Hörbuch erschienen, gelesen von Anna König

*Liebeswahn*
Roman. Deutsch von Hans-Christian Oeser

*Amsterdam*
Roman. Deutsch von Hans-Christian Oeser

*Abbitte*
Roman. Deutsch von Bernhard Robben
Auch als Diogenes Hörbuch erschienen, gelesen von Barbara Auer

*Saturday*
Roman. Deutsch von Bernhard Robben

*Letzter Sommertag*
Stories. Deutsch von Bernhard Robben, Harry Rowohlt und Michael Walter

*Am Strand*
Roman. Deutsch von Bernhard Robben
Auch als Diogenes Hörbuch erschienen, gelesen von Jan Josef Liefers

*For You*
Libretto für eine Oper von Michael Berkeley. Zweisprachige Ausgabe. Deutsch von Manfred Allié

*Solar*
Roman. Deutsch von Werner Schmitz
Auch als Diogenes Hörbuch erschienen, gelesen von Burghart Klaußner

*Honig*
Roman. Deutsch von Werner Schmitz
Auch als Diogenes Hörbuch erschienen, gelesen von Eva Mattes

*Kindeswohl*
Roman. Deutsch von Werner Schmitz
Auch als Diogenes Hörbuch erschienen, gelesen von Eva Mattes